フィギュール彩 73

ON SHAKESPEARE BY PETER MILWARD
PETER MILWARD, SHUICHI HASHIMOTO

ミルワード先生のシェイクスピア講義

ピーター・ミルワード
橋本修一◉訳

figure Sai
彩流社

目次

第一部

シェイクスピア講義　ヒロインたち

講師　ピーター・ミルワード、翻訳　橋本修一

第二部

シェイクスピア教養講座

講師　橋本修一

第一部
シェイクスピア講義　ヒロインたち

講師：ピーター・ミルワード／翻訳：橋本修一

この講義では、とくにシェイクスピアの悲劇に登場する「超自然的な存在」である五人のヒロインを中心に語って頂き、シェイクスピアの魅力に迫ります。

はじめに

シェイクスピアのヒロインたちには、なにか特別なものがあるということに異論を唱える人はいないものです。それこそが、シェイクスピアの女性の描き方なのです。シェイクスピアは、男性の登場人物を描く場合以上に、女性の描き方については、まさに「やり手」なのです。もし、シェイクスピアが男性の主人公たちを「男」として描くとしたら、女主人公たちをシェイクスピアは「すべてを超越した特別な存在」として描いているということができるかもしれません。これは、イギリスの作家であり批評家のG・K・チェスタートンが言っていることで、チェスタートンは「シェイクスピアの女主人公たち」というエッセイのなかで、シェイクスピアにとって、「男性は自然であり、女性は超自然の存在である」と見ています。

もしこのことがすべての女性主人公に当てはまるとしたら、特に悲劇のヒロインたちにこそ当てはまることでしょう。というのも、ひとつには、ヒロインたちはすべて、喜劇のヒロインたち以上に女性的だからなのです。シェイクスピアの悲劇では、ヒロインたちは——ジュリアやジェシカ、ポーシアやロザリンドそしてヴァイオラ——遅かれ早かれ、男性に変装しています。仮にこの変装という要素がなくても、ヒロインたちにはボーイッシュなところがあるのです。つまり、シェイクスピアの時代には女役は声変わり前の少年の役者によって演じられたからなのです。しかし、悲劇作品では、ヒロインたちは徹頭徹尾、心底女性的なのです。

そうはいっても、このことは、ヒロインたちが、みな同様に女性的なわけではありません。むしろこのヒロインたちのなかに、私たちは「永遠に女性的なるもの」をそれぞれ違った色あいで描き分けているのを見ることになるのです。ジュリエット、オフィーリア、デズデモーナ、マクベス夫人、そしてコーデリア――その女性的特徴において、それぞれすべてお互いにまったく違った存在なのです。ジュリエットの強さ、オフィーリアの脆弱さ、デズデモーナはあまりに善良であり、マクベス夫人の悪女ぶりといったら！　それでもまだ、それぞれが根っから女性的であり、女性の強さ、弱さ、善良さ、そして女性特有の闇の部分をさらけ出して見せているのです。恐ろしい殺人という行為を成し遂げるために、恐怖という恐怖を忘れることができるように、悪霊に「私を女でなくしておくれ」と祈ったマクベス夫人でさえ、その夫、マクベスの野心のためにはあまりに女性的でした。コーデリアについて言えば、その気立てのよさはデズデモーナとそれほど変わるところはないのです。それというのも、シェイクスピアは、二人の女性のなかに、たとえば、まず、デズデモーナのなかに夫への、そして次にコーデリアのなかにその父親に対する「理想の女性像」を描こうと目論んでいたように思えるのです。

この講義で、私は、細部にわたって、それぞれの悲劇のなかの一人ひとりのヒロインたちについて考えていくことで、その違いをつまびらかにしていきたいと思っています。こうしたなかで、それぞれのヒロインたちの「女らしさ」をさらに詳しく浮き彫りにさせたいと考えています。同時に、それぞれのヒロインについて考えていくことは、それぞれの作品としての「戯曲」に光を当てるだけでなく、主人公についても考察することになると考えているのです。といいますのは、主人公そのものが、主人公その人にとっても、観客にとっても「不可解」だからなのです。それとは別に、――ノーベル賞詩人のT・S・エリオットの「四つの四重奏」から表現を借りてくるならば、「熱の図表の謎を解く」ことは、その夫である主人公たちの「よりよい部分」つまり良心を浮き彫りにさせるという意味において、それぞれのヒロインたちの役割なのです。この理由から、マクベスは、ほかの作品の主人公たちに比べ、ヒロインであるマクベス夫人がマクベスを暗殺にまで追い込むという役回りを担うことで、マクベス以上に強い悪意を持った存在になって、さらに、自分の夫を地獄に叩き込むという悪の選択をマクベス夫人自身がしているという意味において、マクベスはほかの主人公たち以上により悲劇的な存在になるのです。

最後に、この本はもともと上智大学のルネッサンスセンターのための一九八六年に行なわれた春季講座での講義であることを付け加えさせてください。この本の出版社と翻訳者の橋本修一氏に、この本を広く世の中に広める手伝いをしていただいたことにお礼を申し上げる次第です。

第一講　ロミオのジュリエット

私たちが絵画を眺めるようなとき、最初は少し離れたところから眺めてみるのが良いのです。それから、続けて様々な場所を細かく見ていくのが良いでしょう。同様に、私たちにとって、シェイクスピアの悲劇のヒロインたちを、それぞれを細かく見ていく前に、全体を通して大まかに見ておくというのが絵画を見るとき同様、私のお勧めするコツなのです。同じように、特定の個々のヒロインたちについて考える前に、私たちがシェイクスピアの悲劇のヒロインたち全体について考えるのも一つのコツなのです。さて、ゆえにここで扱う悲劇のヒロインたちのなかで最初に私たちの注意を向けるのは、ジュリエットになります。なぜなら、「ロミオとジュリエットの悲劇」は、この後に続く「四大悲劇」のかなり前に作られたシェイクスピアの最初の悲劇だからなのです。また、シェイクスピアの悲劇のヒロインたちのなかで、ジュリエットはずっと若く、その悲劇が起こったときにまだ十四歳にもなっていなかったということを付け加えなければならないでしょう。

この劇のなかでは、第一幕第五場で二人が最初に出会う前に、観客である私たちに別々に紹介されるのです。最初から、ロミオは中世劇の伝統そのままに、典型的な恋人役の男として登場します。ロミオは、最初その名前を言おうとしない、理想の女性に恋をしています。

ロミオは悲しく、孤独で、日中の日の光を避けようとさえするのです。キャピュレットの舞踏会に招かれた人たちの名前を見たときに初めて、私たちはキャピュレット家の姪のロザラインの名前を聞くのです。まさにこの理由からロミオはこの舞踏会に出かけることになるのです。もっとも、ロミオ自身はキャピュレット家と敵対しているモンタギュー家の人間なのですけれども。ロミオが決意したのは、この舞踏会に行きさえすれば、ロザラインがそこにいて、遠くからしか見ることができなくても、ロザラインの姿を見ることができるからなのです。察するに、おそらくロザラインはロミオが彼女のことを愛していることさえ知らないのです。たぶん、イタリアの詩人のダンテが永遠の恋人のベアトリーチェに対してそうであったように、ロミオは彼女の姿を見たことがあるだけで、一目惚れをしてしまったのに、ロミオは恥ずかしくて、ロザラインに打ち明けることもできず、ロミオは悲しみのなかでロザラインのことを思い続けているのです。

そして、キャピュレット家の両親に従順な娘としてジュリエットが私たちに紹介される番になります。ジュリエットが自分の母親と乳母に呼ばれたとき、彼女は登場しますが、ひとたび話がジュリエットの結婚のことだとわかると、ジュリエットはほとんど一言も話さなくなってしまうのです。デズデモーナやコーデリアと同様、ジュリエットは「静かで温和で自分の心の動きにさえ」(『オセロ』第一幕第三場)、顔を赤らめるような娘なのです。三人の会話のなかでは、ジュリエットは四語しか話していませんが、それぞれについて詳しく見ていく必要があります。

最初に、部屋に入ってくるなり自分の母親に従順に「お母様、私はここにいます。何かご用ですか?」というジュリエットの言葉は、かなり聖書を思いださせるものです。その言葉は、アブラハムや、モーゼや、サミュエルの神の呼びかけに答える「ここにいます」という答えを思い出させるものであり、同様に(のちにパウロとなった)新約聖書のサウルの言葉、「主よ、私に何のご用でしょう?」という言葉をも同様に思い出させるものなのです。

次に、くどくて、だらだらと長い乳母の話を辛抱強く聞いた後で、ジュリエットはおどけて、乳母の話に割り込んできます。「だからばあや、どうかあんたもおしゃべりをやめてね」という割り込みの一言は、ジュリエットのもう一つの面を表しています。もしジュリエットがその母親に対して従順なだけだとしても、乳母に対しては厳しい態度を――そしてその程度には自立した存在といえます――とることもできるのです。ジュリエットは、少なくとも見かけは、母親に対して真剣な態度をとりますが、乳母に対してはそれほど真剣な態度でふるまうことができないのです。そのようにジュリエットは自立することを学んではいるのです。

そして、自分の母親に対して結婚のことについて返答するときには、内気に「夢のようで、考えてもみなかったお話です」と答えています。ジュリエットの言葉はとても形式的で、あまりに堅苦しすぎるため、本心からの言葉とは到底思えないのです。結局は、十四歳の(白雪姫のように)自分の白馬に乗った王子様がやってくるのを秘かに夢想する少女がいるにすぎないのでしょうか。しかし、ジュリエットは、そのことを認めるまでにはなっていなくて、自分の母親に他愛ない嘘を言ってしまうのです。

そして最後に、ジュリエットの母親からはっきりと「パリス様を愛することはできて?」と問いただされると、ジュリエットは、さっきよりももっと詳しく、

I'll look to like, if looking liking move;
But no more deep will I endart mine eye
Than your consent gives strength to make it fly.

好きになれるように、お目にかかってみるわ、目で見て好きになれるものならね。でもそれはお母様のお許しの範囲内でだけよ、それ以上深く、私の視線の矢を飛ばすなんてお断りだわ。

それは、到底簡単な答えとは言えないものでした。ジュリエットの言葉は、聞きようによっては、表向きは従順な言葉ですが、その言葉は「もし」という言い方が限定的で意味を弱めたものとしています。おまけにジュリエットは、"look"と"like"、"deep"と"endart"といった具合に、まるでその意味より駄洒落により興味があるかのように、相手を煙に巻いているようなところもあるのです。

ついに、第一幕の最後で、舞踏会が催される際に、主人公のロミオとジュリエットの出会いを見ることになるのです。この場面で、ジュリエットを指差したロミオの、一人の召使いへの質問の言葉は「あのご婦人はなんという方だ?」でした。でも、奇妙なことに、召使いの言葉は「存じません!」。多分、その召使は忙しくてジュリエットの方を見ている余裕がなかったのでしょう。とにかく、その女性が誰かも知らず、ジュリエットがロミオのことも知らないうちにロミオはジュリエットに夢中になってしまい、その瞬間、ロミオはロザラインのことを忘れてしまうのです。そのとき、ロミオは今まで本当の恋を経験していないことに気が付くのです。以前ロミオは、ありえない妄想に耽っていたにすぎないのですが、いまやロミオは現実の恋愛に向き合うことになるのです。

さて、ここで二人の恋人同士の最初の会話になります。そのなかで、ロミオは自分の気持ちに積極的で、ジュリエットは相手の熱い思いを拒絶することはないのです。今度のロミオは積極的で、ジュリエットは受け身的ですが、ジュリエットの受け身な態度がロミオの気持ちを掻き立てるのです。ロミオが自分自身を聖人のまつられた聖堂へと進む巡礼になぞらえているという愛の表現が、いかに宗教的かを考えてみるとなかなか興味深く感じられます。

If I profane with my unworthiest hand
This holy shrine, the gentle sin is this:
My lips, two blushing pilgrims, ready stand
To smooth that rough touch with a gentle kiss.

尊いこのお御堂、それをもしわたしのこのいやしい手がけがしているのでありますなら、その償いはこのとおり、わたしのくちびるという二人の巡礼が、今こそ優しい口づけでもって、手荒なこの痕を拭い取ろうと、恥らいながら控えております。

ここで私たちは、さらに興味深い“rough”と“gentle”という言葉の並びに気が付くことになります。それはまるでのちにロレンス修道士の「仁徳と肉欲」という「相反する」言葉を先取りしているように見えるのです。ロミオは自分自身のなかに一人の男性として、みだらなものを感じていますが、それと同時にジュリエットのなかにそれを上回る神の恵みの力を感じているのです。
ジュリエットに関して言えば、乙女の純真さでもって、ロミオの誘いを丁寧に断っているかのように見せかけていますが、同時にロミオのキリスト教に絡めた言い方を使いながら、同時に“this”と“kiss”という韻を踏むことによって、ロミオを誘惑さえするのです。

Good pilgrim, you do wrong your hand too much,
Which mannerly devotion shows in this;
For saints have hands that pilgrim's hands to touch
And palm to palm is holy pilgrim's kiss

巡礼様、それはあなたのお手に対してあまりにもひどいおっしゃりよう、これこの通り、ちゃんと行儀よく信心の誠を表しておりますものを、というのも、もともと聖人様の御手は、巡礼たちが手を触れるためのもの、そして手と手を、それを合わせるのが巡礼たちの口づけではありませんこと?

それで、このからかうような会話の結果として、もしジュリエットがロミオの欲望に身を任せて、その唇を許したとしても、それほど驚くようなことではないでしょう。
後になってやっと、ロミオはジュリエットの乳母から、「その母親はこの館の女主人だ」ということを聞き出すのです。さらにその乳母からジュリエットは「あの方はロミオというお名前で、モンタギュー家の方です」と知らされるのです。明らかに、初めからこの乳母はこの二人の間で何が起こっているか知っていて、二人の仲介役をしているのです。そして、この新しく知った事実こそが、ジュリエットに自分の思いを語らせるのです。


My only love, sprung from my only hate!

Too early seen unknown, and known too late!

たった一つの私の愛が、たった一つの私の憎しみから生まれようとは!

知らないままに、お顔を見るのが早すぎて、知ったときにはもう遅い。

それにしても、唯一の憎い相手を愛さなければならないとは、生まれるときから
行く末の案じられる恋だこと!


ジュリエットの言葉のなかに聖アウグスティヌスの「告白録」からの有名な一節「古くしかも新しい美よ、私があなたを愛したのはあまりに遅かった」からの影響に気が付くことでしょう。舞踏会ではほかの人たちが周りにいたので、恋人たちはひそひそと自分たちの思いを囁くことしかできませんでしたが、その夜のバルコニーの場面では、二人が自分たちの思いを思う存分解き放つことになるのです。そこでロミオは先に、舞台の下の方、キャピュレット家の庭の闇のなかに登場します。そして一方、ジュリエットは、舞台の上の方、キャピュレット家の館の上の階の窓の光のなかに登場します。舞台の下の方では、すべてが闇のなかにあるのですが、ロミオの心のなかでは、このお

芝居に行き渡る心のなかの灯りがあるのです。これはダンテの『神曲』の「天国編」に出てくる「太陽とほかの星々を動かす愛」というリフレインを思わせるのです。

次に、私たちは舞台の上の方にあるバルコニーにいるジュリエットの言葉を聞くことになります。ジュリエットは、「ああ」とため息をついて、思いを込めてロミオの名前を繰り返すのです。「ロミオ様、ロミオ様、どうしてあなたはロミオなの？……どうかほかのお名前になって！」ジュリエットは、ロミオ自身だけでなく、ロミオの名前のロマンチックな響きにも同様に恋しているように思えるのです。ジュリエットはロミオの名前を繰り返しますが、ロミオがほかの名前ならいいのにといいますけれども、それはジュリエットが本当に望んでいることではないというのは私たちにもわかることなのです。ジュリエットは、自分の家族に反対されればそれだけいっそうロミオにひかれていくのです。

そのあとに、ロミオがジュリエットのセリフを聞いた後で、隠れていた暗闇のなかから姿を現し、恋人たちの会話の場面になります。ロミオの名前のことをジュリエットが問題にしていたことに答えて、ロミオはキリスト教的な隠喩でもって答えることにします。「恋人だとだけおっしゃってください。そうすれば洗礼を受けることになって、新しい自分に生まれ変わることになりましょう」というのは、ジュリエットに愛されることによって、ロミオはまるで新しい名前を与えられ、新しい自分を与えられるかのように感じているからなのです。つまり、ロミオはもはや聖パウロの言う「古き人間」ではなくなっているということなのです。さらにロミオは、「わが名前が、尊い聖人様、自分自身にとって厭わしくさえあります」とまで言うのです。というのは、ロミオはいまや自分の名前、ことに古い自分の名字であるモンタギューという名前を問題視しているからなのです。

二人の間の愛の誓いに、ジュリエットは、（自分がそういったことを読んだことがあることから）恋人たちの誓いが不安定なもので、恋人たちの誓いは簡単に破られるということを知っていて、どんな誓いも信じたくはないのです。しかし、ジュリエットの言葉は「どうしてもとおっしゃるなら、ロミオ様ご自身にかけて誓っていただきたいの。あなたこそ私の神様なのですもの」というものでした。同時に、ジュリエットの実感として、ジュリエットは二人の軽率とも思える突然すぎるほどの約定を恐れて、

Too like the lightning, which doth cease to be
Ere one can say it lightens
何かまるで稲妻みたいに消えてしまう
あっ、光ったという間もなく

このことすべてが、ロミオに対するジュリエットの思いのこもった愛の言葉へと続いていくのでした。

My bounty is as boundless as the sea,
My love as deep as: the more I give to thee,
The more I have; for both are infinite

私の思いは海のように限りなく
私の愛は海のように果てしなく、あなたに与えれば与えるほど
私は多くを得る、つまりは二つながらに果てしないものだから

それは、ある意味、晩さん会で前に述べた言葉「私の唯一の恋……」に匹敵するものなのです。しかしここでは、ジュリエットはロミオに対して包み隠さず自分の思いを伝えています。そしてここではロミオへの愛をなにか神聖なものとして語られているのです。それはつまり、ロミオの愛は、ギリシャ語でいうところの欲する愛（エロス erōs）であり、今ここでジュリエットの描く愛は、むしろ神から来る与える愛（アガペ agapē）なのです。このことは、前にも述べた、「神の恵みと欲望」との比較にも匹敵するものなのです。このことは、のちになって、ロミオがロレンス修道士にジュリエットの愛について、ロザラインとの比較によって確認されるのです。

She who in love now
Doth grace for grace and love for love allow
好意には好意を、愛には愛を返してくれる

この場面では、神への言及がさらに聖ヨハネの「わたしたちすべての者は、その満ち満ちているもののなかから受けて、恵みに恵みを加えられた」という言葉によってその意味をさらに確実なものと

することができるのです。

ここで、場面の転換がありまして、その場面では二人の愛の関係は、周りの世界との関わりのなかで次第に明らかにされ、進展していくことになります。まず、ロミオはロレンス修道士の草庵を訪れ、新しい愛について二人の結婚を取り持ってもらえるように打ち明けます。ロミオがロザラインへの思いを寄せていることを知っているロレンス修道士としては、ロミオの急な心変わりに驚きますが、そのときはロミオが恋に恋していたにすぎず、今度こそ本物のお互いに思いを寄せ合っている愛だと説明してみせるのです。同様に、驚くべきことはロレンス修道士がそれに同意したことでしょう。ただしそれはロミオに対する個人的なものというよりも、政治的な要素の強いものだったのです。ロミオとジュリエットの結びつきをロレンス修道士は二人の争っている家族同士の和解の手段を見出していたのです。実際その通りにはなるのですが、それには代償として、この二人の命と引き換えることになるのでした。

それから、ロミオは自分の仲間のところに戻っていき、ロミオがまったく新しい自分に生まれ変わった、――とはいえ、見かけは昔のままなのですが――と宣言するのです。ロミオの用意周到な答えに驚いて、マキューシオは敬意さえ見せて、「今日のロミオは上機嫌だ。それでこそ本来のロミオだ。どっから見ても正真正銘ロミオ様ってもんだ」。でも、それは私たちがロミオのなかに見出すことのできる用意周到な知恵だけでなく、ジュリエットの乳母と抜け目なくその日の午後、ロレンス修道士の草庵でのジュリエットとの結婚式の段取りと、その夜にジュリエットの部屋を訪れることを決めてしまったことなのです。他方、ジュリエットはといえば、自分の乳母の帰りが待ちきれず、また帰ってきた乳母も、ロミオからの言伝《ことづ》てを伝える前にわざとジュリエットをからかったりするのです。

このようにして、このお芝居の前半は、ロレンス修道士の草庵での結婚式へと導かれていくのですが、それはいわば、喜劇のハッピーエンドでもあるのです。とはいえ、前半の喜劇は、後半の悲劇へと続いていくのです。さしあたり、ジュリエットのいとこの怒りっぽいティボルトが、登場してきて、舞踏会に変装までして紛れ込んだことに仕返しをするために喧嘩を吹っかけてきます。もっとも、ロミオはそれを断るのですが、マキューシオがそれを受けて立とうとするのです。ロミオが間に入って止めようとすると、ティボルトはそれを利用して、マキューシオを殺してしまいます。今度は、ロミオが我を忘れて、すべての忍耐を「天に」投げて、即座にティボルトを殺してしまうことでその復讐を遂げることになります。しかし、ロミオが気づいたときにはすでに遅く、ロミオは「運命にもてあそばれた道化」にされていたのでした。ロミオが逃げて姿をくらますや否や、ベローナの太守が現れ、ロミオの追放を宣言するのです。

さてここで、私たちは続けて、それまで起こったことのもたらす結果について見ていくことになります。第一にジュリエットについては、間もなくその乳母から知らせを受けます。ちょうどジュリエットが、「私のロミオ様を早く私に」と、夜が来るのを心待ちにしているときに、乳母が入ってきて、恐ろしい知らせをもたらします。その知らせは、ジュリエットにとって世界の終わりである「最後の審判」を知らせる「恐ろしいラッパ」の音にも聞こえるのです。初めのうち、乳母のもたらした情報は完全に混乱したものでした。しかしやっと、乳母は、以下のことを明らかにするのです。

ティボルト様はお亡くなりになりました。ロミオ様は追放に。
ロミオ様がティボルトを亡き者とし、追放されたのです。

ここでジュリエットの女性らしい反応を観察してみるのは興味深いことでしょう。最初に、ジュリエットは激しくロミオを罵倒します。しかし、乳母がジュリエットの言うことに、「男なんて、信用もできなきゃ、信念も、誠実さもありゃしない」と一般論で賛同し、特にロミオのことを「恥を知れロミオ！」とロミオのことに話が及ぶやいなや、ジュリエットは乳母の言うことを強く否定し、ロミオの弁護に回るのです。それでも、「追放」という言葉に思いが至ると、その言葉に「罪人の心にのしかかる呪われた犯罪行為のように」ジュリエットの心は、暗く重く押しつぶされるように感じられてくるのでした。ただジュリエットは、ロミオがどこにいるかを知っている老練な乳母の言葉によってかろうじて救われるのでした。

ここで、ジュリエットから、ロミオに伝えられる知らせの影響について見てみるために、視点をロレンス修道士の庵に身を隠しているロミオへと変えてみましょう。当然、ロミオの場合、その効果はジュリエットのものとは比べ物にならないくらい深刻なものでした。ロミオは危うく自殺しそうになったところを、ロレンス修道士に力ずくで、加えて「お前それでも男か？」という言葉に阻止され、やっと思いとどまることになります。ここでロレンス修道士がロミオに言って聞かせることは、修道士としては面白いことに、宗教的な理由で説得するのではないのです。それはたとえば、のちにハムレットの自殺を思いとどまらせるようなものではなく、ジュリエットの受けたショックのような、実際に人間的な動機に基づくものなのです。ロレンス修道士の計画は乳母にも強く衝撃を与え、乳母に「まあ！　学問とはなんと素晴らしいものでしょう！」と称賛の声を上げさせるのでした。しかし、ロレンス修道士の計画は学問のあるものばかりではありませんでした。ロレンス修道士の忠告は経験を積んだ現実的なものでした。つまり、その夜ジュリエットのところに行き、次の朝にマンチュアに逃げるようにというものでした。遅かれ早かれ、二人の結婚が公表できる日が来るだろうし、そうすればロミオは安全にヴェローナに戻ってくることができるのです。

この計画のおかげで、恋人たちは幸せな一夜を共に過ごすことができました。ただ、ひばりの歌とともに朝はあまりにやってくるのが早かったのです。そこで、ロミオはジュリエットを一人残して、梯子を下りて行かなければなりませんでした。その姿はまるで、ジュリエットには「墓場の一番下に横たわっている死人のように」さえ思えたのでした。

その瞬間から、すべてが容赦なく悲劇の悲しい結末に向けて突き進んでいくのでした。いまやロミオのいないなかで、すべてがジュリエットに向けて集約していくことになります。

そのため、ジュリエットは自分の両親から、二日後にパリス伯爵と結婚することになったという思いもかけない計画を聞かされることになります。さてここで、ジュリエットがロミオを愛するようになったその性格に著しい変化が生じたのを見せられることになります。それ以前のジュリエットは、物静かで母親には従順に見えていましたが、その姿の下には隠されたもう一つの違った姿があったのでしょう。さて、母親に答えるときに、ジュリエットの涙をティボルトのためのものと思い込んでいる母親に対して、ジュリエットは次々とあいまいな答えを繰り返します。「やっぱりあの人のこと泣かずにはいられないわ」(ここではロミオのことを言っているのですが、キャピュレット夫人はティボルトのことだと思っています)、そして「あの方ほど私の心を悲しませるものはないわ」(これはロミオがジュリエットのいとこを殺したからではなく、ロミオがヴェローナから追放されたことを意味します)。そして今や、キャピュレット夫人は、聖ペテロ教会でパリス伯爵との結婚することになっていることを打ち明けるときに、ジュリエットはきっぱりと拒否するのでした。

Now by St. Peter's church and Peter too,
He shall not make me there a joyful bride
聖ペテロ教会と聖ペテロさまとにもかけて
私は結婚なんてできませんわ

ここで、ジュリエットの父親がそのセリフを聞くや、嵐のような場面が続くことになります。「どういうことだ!」と驚きの声をあげ、「なんだというのだ! ありがたくはないのか? 名誉だとは思わんのか?」いまやジュリエットは父親に面と向かって言い返すだけでなく、父親の言葉を逆手にとってからかうようなことまでするのです。「そりゃ名誉だとは思いませんけど、ありがたいとは思ってます。いやなものを名誉と思えと言われても無理でしょうが、ありがたいくらいは思います。いやなものでもご厚意だと思えば」。その結果、ジュリエットはその「屁理屈」で父親をさらに怒らせる結果となります。そして、父親が怒鳴り散らしながら部屋から出ていくと、乳母はジュリエットに、思いもよらぬ心変わりをして見せて、ロミオのことはきっぱり忘れ、パリス伯爵と結婚するようにと勧めさえするのでした。さて、それでも、ジュリエットは自分の本心を隠して、乳母の忠告に感謝するふりをして、告解と罪の許しを得るためにロレンス修道士の草庵に行くと言って乳母を安心させます。ところが、乳母が部屋を出るや否や、ジュリエットは乳母のことを「罰当たりの老いぼれ婆あ」と呼び、「これからはお前なんかと私の心はもはやアカの他人よ」と断言するのでした。それで、ジュリエットはロレンス修道士の草庵に、告解のためではなく、さらにアドバイスをもらうためにそこを訪れます。そこで、ジュリエットは、自殺するかロレンス修道士の申し出ならどんなものでも受け入れるという、その固い決意を見せるのです。たとえそれが、ロレンス修道士の言葉を借りれば、「限りなく死に近い仮死状態の」ものであろうとも。そこで、ロレンス修道士が薬瓶を差し出すとそれをひったくるようにもぎ取って、「ください！　ください！　ああ、恐怖のことはもうおっしゃらないで」。

ジュリエットが家にもどるや、ロレンス修道士の草庵に行って「そこでお父様のお言いつけに逆うなんて、ほんとにいけないことだとたった今教わり諭されてきたばかりなんですもの」と、もはや嘘を言うことなどなんとも思わなくなっていました。ジュリエットはもはや自分の両親に許しを請うふりをして、完全に二人を騙しているのです。そして、ジュリエットは自分の部屋に戻ると、さらなる嘘で乳母に退出を命じ、それから恐怖に震えながらも劇薬入りの薬瓶をとって、「ロミオ様、私もご一緒に！　あなた様のためにこの薬を飲みます！」と言いながら飲み下すのです。

他方、マンチュアでは、ロミオが自分の召使いからジュリエットが死んだという間違った知らせを聞かされます。しかし、ロレンス修道士からの真実を知らせる手紙は、手紙を託した人物が事故に巻き込まれたため、ロミオのもとには届かなくなってしまうのです。

そのため、運命の星の力は認めつつも、その力に逆らおうとして、ジュリエットの墓であおるための毒薬を自ら用意して、ヴェローナへと急いで戻るのでした。そこでは、自暴自棄になって、キャピュレット家の墓所に入るのを妨害しようとしたパリス伯爵を殺してしまい、毒を飲んで自分の計画を実行に移してしまいます。その結果、ロミオはその早すぎる死を迎え、すると間もなくロレンス修道士が入ってきて、ほぼそれと同時にジュリエットが息を吹き返すことになります。そしてまさにジュリエットがロレンス修道士とその場を離れようとした瞬間、ジュリエットがその墓のそばに死んで倒れているロミオに気が付くのでした。ロレンス修道士は恐ろしさのあまりその場を逃げ出してしまいますが、ジュリエットは、前と同様に勇気を見せて、ロミオの傍らからその短剣を取り、自らの胸に突き刺して、二重の自殺を遂げるのでした。そこへ、町の見回り役人によって集まってきたヴェローナの市民たちが大挙して墓場へと入ってきます。そこでジュリエットの死は、その大騒ぎのうちに声高な悲嘆に迎えられることとなりますが、ジュリエットの、今度こそ本当の死は、その両親をさえただ呆然と沈黙させるばかりでした。

このお芝居の終わりは奇妙なほどに判然としないものとなっています。ヴェローナの太守の言葉によると、朝はそれとともに「物悲しい静けさ」だけをもたらしているというのです。というのも、太守が、警句のような結論を述べていることからもわかるのです。

Never was a story of more woe
Than this of Juliet and her Romio
これほど悲しい物語がかつてあったろうか
このジュリエットとロミオの物語のように

さらに、この太守の言葉とは別に、このお芝居は悲しみの物語、あるいは若い恋人たちのロマンチックな物語を大きく超えたものなのです。むしろ、ここで扱われた主題は、シェイクスピアの手にかかると、シェイクスピアの深い女性心理の理解に基づいた、人間の本質を鮮やかに描き出したものとなっているのです。とりわけ、シェイクスピアがここで描いているものは、若いジュリエットに「愛」がもたらしたものは何だったのかということなのです。この物語の初めには、ジュリエットは無邪気で従順なおとなしい娘でした。しかし、物語が進んでいくにつれて、ジュリエットは、その複雑な面を見せ始め、周りの人間をうまく騙すようになっていきます。それでもなお、ロミオのためならあらゆる危険を冒し、ロミオとともに死ぬようなことにまでなっても、その目的のためには、ただ純真なままなのです。

第二講　ハムレットのオフィーリア

　かわいそうなオフィーリア！　私たちが『ハムレット』のヒロインのオフィーリアについて思うとき、この表現が自然に思い浮かぶのです。日本語ではオフィーリアは「かわいい」だけでなく「かわいそう」でもあるのです。オフィーリアは、『ロミオとジュリエット』のジュリエットとはまったく違う存在として描かれています。なるほど、お芝居の最後では、ロミオとジュリエットは二人とも（二人の両親たちによって）「われらの憎悪の哀れな生贄」と呼ばれています。でもそれは、お芝居の終わりにおいてだけであり、二人一緒のときのことなのです。ジュリエットに関して言えば、物語の流れのなかで、ジュリエットは自分のことをかわいそうだなどとは一度も思ったことがないのです。むしろ、ロミオとの結婚の場面で、ジュリエットは、「私の富の総額の半分も数え上げることができないほどです」とまで言いきっているのです。ジュリエットにとっての最大の悲劇的な瞬間でさえ、誰も「かわいそうなジュリエット」などと思うことはほとんどないでしょう。というのも、ジュリエットは、決して本当に一人ということはなく、ジュリエットはいつでもロミオのことを身近に感じることができたからなのです。

　ここで詳しく、ジュリエットとオフィーリアの違い、そしてオフィーリアの哀れさについてみていくことにしましょう。ジュリエットの屋敷のホールで初めて出会って以来、そのお芝居のタイトルのとおり、ジュリエットは常にロミオとともにありました。おまけに、ロミオの「ベター・ハーフ」として、ジュリエットはロミオ以上に重要な存在であり続けました。でも、だれも今私たちが話題にしているお芝居を「ハムレットとオフィーリア」にしようとは思わないでしょう。まさにその提案は、私たちの耳には奇異なものに聞こえるに違いないのです。この二人の愛には大きなクエスチョン・マークさえつけてみたくなるのです。「本当にオフィーリアはハムレットと愛し合っていたのか？　本当にハムレットはオフィーリアを愛していたのか？」そういった疑問は、このお芝居を「悲劇」と呼ぶよりは、「問題劇」と呼ばせる所以なのです。

実際のところ、『ハムレット』の主人公ハムレットとオフィーリアの両方には、隔てられた愛情とでも言うべきものが見出されるのです。つまり、ハムレットもオフィーリアも二人とも同時に反対方向に引っ張られているように見えるからなのです。文字どおり、この二人はどこかすれ違ってばかりいます。そのため、この二人は二人とも「錯乱した」あるいは狂気のなかにあるのです。ハムレットの場合、二人の女性がかかわってきます。一人は言うまでもなく、恋人のオフィーリアですが、もう一人が、母親のガートルードが大きな役割を演じることになります。オフィーリアの場合も、ハムレットと同様、二人の男性がかかわってきます。言うまでもなく、彼女の恋人のハムレットと、彼女の父親であるポローニアスのことです（そして、たぶん、彼女の兄のレアティーズも加えるべきでしょう）。彼らのなかにフロイトがいっているように「オイディプス・コンプレックス」あるいは、極度の父親の影響による心理的な未熟さという二つの例を見ることができます。

ここにきてこの戯曲の中心となる「疑問」について考えることがふさわしいでしょう。これはハムレットの「生きるべきか死ぬべきか」という解釈で意味を説明される有名な「疑問」としてよく知られる「To be, or not to be」という哲学的「命題」のことです。しかし、実際のハムレットの心の問題は、そしてさらに言えば、このお芝居の中心は「愛すべきか、愛すべきにあらざるか」でしょうし、さらに掘り下げて言うと、「ハムレットは本当にオフィーリアを愛していたのか?」ということでしょう。これは、ハムレットが明らかにしていない、あるいはむしろ、それに対してハムレットは正反対の矛盾した答えを私たちに提供してさえいるのです。ハムレットは、元気で動き回っている間は、オフィーリアだけでなく、母親のガートルードにまでそっぽを向くようなことさえしますし、さらに、冷酷にもオフィーリアに対して「お前を愛したことなどない」とまで言い放つのです。しかし、オフィーリアが死んだのだとわかると、オフィーリアのまさにその墓に向かって、再び、「私はオフィーリアを愛していた」と言い放つのです。

さらに、これまで見てきたような、それぞれの恋人との関係におけるオフィーリアとジュリエットのこの基本的な違いにもかかわらず、この二人には共通点があるのです。というのは、この二人がそれぞれの戯曲の女主人公であるということ以上に、それぞれのお芝居のなかで、また、その手始めの観客への紹介のされ方が似ているのです。

『ハムレット』の最初の場面では、主人公の紹介は最初のうちまったくなくて、私たちの注意はまず、幽霊に向けられます。その幽霊ははじめ、「死んだ国王」として、そしてまた、「われらが勇敢なハムレット王」として登場するのです。このようにして、私たちは、まだ生きているもう一人の若き

「ハムレット」がいるということを知らされる前に、死んだ「ハムレット」が紹介されるのです。しかし、次のシーンで生きているまだ若いハムレットが登場するのですが、そのハムレットはまるで実体のない影のような存在なのです。宮廷のきらびやかな華やかさとは対照的に、ハムレットは黒い喪服を着て、後ろの方に物静かに鬱々として黙って立っているのです。

ここで、二人のお互いに対照的な若い男性に出会うことになります。そのうちの一人は、宮廷の廷臣、老ポローニアスの息子で、国王にパリの大学にもどる許可を求めているレアティーズで、その望みはかなえられることになります。しかし、ハムレットのウィッテンベルグの大学で勉強を続けたいという(デンマークにはずっとちかいのですが)同じ望みは却下されることになります。このことに対しては理由は与えられていないのです。国王のクローディアスと女王のガートルードは、ハムレットにデンマークにとどまるように説得し、ハムレットはそれに従うことにします。今のところはまだポローニアスの娘で、レアティーズの妹のオフィーリアはまだ登場していません。

その一方しばらくの間、ハムレットとその母親のガートルードとの関係について見せられることになります。ガートルードは、「今は亡き国王の妃」だった人で、いまは生けるクローディアスの妃に収まっているのです。母親のガートルードは、息子のハムレットに優しい言葉をかけ、クローディアスも同様にハムレットに言葉をかけるのですが、ハムレットには二人のかけるやさしい言葉は、ハムレットになんの意味もありませんでした。というのも、ハムレットは喪に服していて、といってもハムレットは、見かけどおり、自分の父親の国王のために悲しんでいるのではなく、実は、自分の母親である妃が、あまりにたやすく心変わりして、その愛を自分の叔父であるクローディアスに向けていることを嘆いているのです。ハムレットが一人になったときにだけ、自分のこころにある言葉、「ああ、この硬い肉体が溶けてしまえば良い……」を口に出すことができるのです。——そしてついに「弱きものよ、汝の名は女なり」という叫びにつながっていくのです。ハムレットは心に母のガートルードのことを思い浮かべてはいるのですが、その言葉には、すべての女性が、自分の恋人のオフィーリアが含まれているのです。

第三に、私たちは、ハムレットに、幽霊の出現の知らせをもたらすその友人のホレイショとの関わりを見ていくことになります。そういったわけで、ハムレットはホレイショとそのほかの数人を連れて、また出るであろう、幽霊に会いに行くことにします。

やっと第三場になって、すでに見ていたように「ロミオとジュリエット」のときと同様、この作品のヒロインのオフィーリアが登場します。さて、ここで、レアティーズが妹に、お別れを言うためにオフィーリアのところにやってくることで、初めてレアティーズに妹がいたことがわかります。さてここで、レアティーズの別れの言葉に加えて、「ハムレット様とその気持ちの移ろいやすさ」についての忠告を付け加えます。ここにいたって初めて、ハムレットは恋をしていると知らされるわけですが、ここですでに、レアティーズの言葉のなかに、「ハムレットは本当にオフィーリアを愛しているのか?」という疑問に行き当たります。それとも(レアティーズが思っているように)「ほんの気まぐれ」、「血気にはやる若者のいつもの浮気」、「ほんの短時間の香りと慰め」なのでしょうか? レアティーズにとっては疑問の余地がなく、ハムレットには「愛」はなくただ「きまぐれ」と「情欲」があるだけなのです。しかし、後でわかるように、レアティーズとはあまりに無神経、無頓着で、衝動的であり、十分な根拠なしで何でも決めつけてしまう無鉄砲で直情径行的なところがあるのです。

さて、それに対するオフィーリアの反応を観察してみるのは面白いことでしょう。オフィーリアはハムレットを弁護もしなければ、ハムレットに対する気持ちを否定することさえしないで、ただ「お兄様の教えを私の心の見張り番とします」と言って、オフィーリアは弱々しく認めるのです。私たちとしては、オフィーリアの言葉がどこまで本気なのか疑ってみるくらいしかできないのです。というのも、その後に続くオフィーリアの言葉のなかには、レアティーズの言うことをそれほど真剣に考えているようには見えないからなのです。それに、兄との言い争いを避けるためオフィーリアはできるだけ自分の兄の言い分に譲るようにしています。同時に、オフィーリアは茶目っ気たっぷりにレアティーズに、自分自身がその「教え」に忠実になるように忠告してさえいます。もし、レアティーズがそんなにオフィーリアのつつましさのことを言うのならば、レアティーズこそ女性に対してつつしみのある行動をとるべきだと。

そこへ、二人の父親のポローニアスが登場します。するとすぐに私たちは「この親にしてこの子」という言葉を思い出すことになります。それというのも、兄のレアティーズがその妹にお説教をしたように、まず自分の息子にお説教をはじめ、つぎに自分の娘にもお説教をはじめるのです。まず、レアティーズに早くしないと船に乗り遅れると言いながら、同時にもっと言っておくことがあるのでもう少し待つように言いつけます。やっとお説教が終わって、レアティーズがいなくなると、今度はオフィーリアに向かって、レアティーズがしたのと同じハムレットには気をつけるようにという忠告を自分の娘に対して繰り返すことになります。おまけにその言葉は、レアティーズのときと同様、まったくうわさとしか言いようのないものでした。

Tis told me, he hath very oft of late
Given private time to you; and you yourself
Have of our audience been most free and bonteous.

ハムレット様には、近ごろしげしげお前のところへお通いなさると
いう噂、お前もお前で、いい気になってその相手をしているそうな。
もしそれが本当なら——いや、じつはひとから注意されたのだ、
念のためにとな——それを聞いては、だまってはおられぬ。

おそらくレアティーズと話し合っているのでしょう、レアティーズと同様、ポローニアスはハムレットの気持ちの純粋さを信じてはいないため、ポローニアスはオフィーリアに「ハムレット様と言葉を交わしたり声をかけたりしてはならない」と厳命するのです。

ここでまたオフィーリアの自分の父親への反応の仕方を観察するのは面白いでしょう。オフィーリアとしては、ハムレットを弁護するでもなく、ハムレットへの愛を明らかにしているわけでもなく、「ハムレット様は、……私にこのごろお優しい言葉をかけてくださいます」と認めています。そして、オフィーリアがポローニアスに本当にハムレットの「お優しいお言葉」を真に受けているのかと問いただされると、オフィーリアは自信なさそうに「わかりません、お父様。どう考えたらいいのか」と

弱々しく答えるのです。ジュリエットとは違って、オフィーリアは「自分」というものをもっていないのです。オフィーリアがハムレットのために言ったことはせいぜい、ハムレットはその愛を名誉をもって「打ち明けてくださった」、そして「ほとんど神へのものと思わせるような」誓いをお立てになってくださった。しかし、オフィーリアの父親は――ジュリエットのように――そんな誓いを本気にするようなことはなかった。そして、オフィーリアにそんな言葉にもハムレット自身にも注意を向けてはならないと強いるのでした。このことに対してオフィーリアは、「お言葉のとおりにいたします、お父様」そして、――ジュリエットとは違って――オフィーリアは自分の父親を自分の恋人の上においたのです。そしてこのことがオフィーリアの悲劇の始まりでした。

とはいえ、その場面の前でも、その後でも、私たちが第一幕を見ていた間に、ハムレットはオフィーリアのことを一度でも思ったことがあったでしょうか。その前では、ハムレットは、自分の母親が自分の叔父と結婚してしまうという、女の弱さについてよくよと考えていました。そして、その後では、ハムレットは自分の父親の幽霊の言うことにとらわれて、そのことしか考えられなくなっていました。第四場で、ハムレットは幽霊を見て、第五場では、幽霊の語る意外な新事実を聞かされることになります。しかもそれは、ハムレット自身がまさに疑っていたとおりのことをハムレットに語ることになります。それは、驚いたことに、ほかでもない殺人による「死」だったのです。さらに驚いたことには、殺人者は、ほかでもない国王の弟、つまりハムレット自身の叔父だったのです。この思いもよらない事実は、ハムレットの心を恐怖で一杯にしただけでなく、自分の本心を隠す必要から「狂気を装う」ことを思いつかせます。

私たちにとっては、第二幕になって初めて、ハムレットとオフィーリアの関係について知らされることになります。たとえそうでも、私たちがハムレットとオフィーリアが二人で一緒にいるところを見ることはありません。ただ、二人のことについて聞かされるだけなのです。はじめは、オフィーリア自身が自分の父親に話したことのなかで、そして次に、ポローニアスが国王に話したことのなかで。そこで、ポローニアスに結びついているすべてのものがなにか間接的なものに感じるのです。そのことは、この第二幕で特に顕著になってきます。というのも、ここでポローニアスは、自分の周辺のすべてを切り回しているようにみえるのです。あるいは、少なくともそうしようとしているのです。宮廷での一人の老臣として、ポローニアスは自分のことを「知恵と洞察の人」の一人と考えているのですが、そのやることといったら、「遠まわしに的を射る」といったところなのです。

ハムレットが最初にその「見せ掛けの狂気」をかわいそうなオフィーリアに見せたことは、悲劇の始まりでした。とはいえ、ハムレットがオフィーリアに見せたことは、オフィーリアがポローニアスに話すのは確実なことであって、そして、オフィーリアがポローニアスに話したことは、そのまま国王に伝わると確信があったからこその行動なのです。それでいながら、オフィーリアの前では、そんな見せ掛けの狂気は装ってはいなかったのかも知れません。ハムレットは、のちに自分で「軽んじられた愛から来る心の痛み」、あるいは、ポローニアスがより穏やかに「軽んじられた愛」と呼んだものによって本当に気が狂っていたのかもしれません。少なくとも、ハムレットの振る舞いは、このお芝居全体に漂うのと同じ種類の疑問と同じものなのです。

とにかく、オフィーリアについての記述は、私たちの心に多くの疑問をもたらしてくるのです。ハムレットは、軽率なポローニアスが考えるように、愛のために気が狂ったのでしょうか？　それとも、ハムレットは、自分で友人たちに警告したように「狂気を装っている」のでしょうか？　もしそうだとしたら、その知らせを国王、クローディアスのもとにもたらしたポローニアスをまんまと騙したことになります。こういったことから、ハムレットは本当にオフィーリアを愛していたのかもしれないと考えることができると思います。つまり、自分の父親の指示に従ってハムレットを拒絶した結果、ハムレットは我を忘れてしまって、自分がわからなくなってしまった、あるいは、このあたりから、ハムレットは、いわゆる自分の影のような存在になってしまったのか。その結果、ハムレットとしては、ただただ、かつてのオフィーリアの姿にすがってその死にいたるまで、今はこうなってしまったとはいえ以前は、自分を愛してくれたオフィーリアの姿を追い求めて後の残りの人生を終わるのか。言い換えれば、ここでオフィーリアがハムレットのことを言っているように、このお芝居全体の雰囲気を予感させるものなのかもしれません。

しかし、いまや私たちとしては、オフィーリアが自分の父親に今言ったばかりのことと、その父親であるポローニアスが国王クローディアスにさらに付け加えたこととの奇妙な食い違いに注目することにしましょう。というのも、ポローニアスは娘のオフィーリアから聞いたことはすべて国王に奏上しようと思っているように見えるにもかかわらず、実際には、まったく見当違いのことを国王クローディアスに報告しているのです。それこそが、父親に従順なオフィーリアが父親に見せた、つまり、ハムレットがオフィーリアに送ったラブレターでした。

国王クローディアス自身は、何もその手紙には興味を示さない様子でした。おそらく、その手紙を読み上げるときのポローニアスのいつものもったいぶった態度が鼻についていたのでしょう。その代わり、クローディアスは、ポローニアスに向かって、「しかし、どういうわけでオフィーリアはハムレットの愛を受けることになったのだ」と質問することになります。そこで、ポローニアスが、オフィーリアはポローニアスからの賢明な忠告に従ってハムレットの申し出を断ることになり、そしてこのことがハムレットを狂気に追いやることになったのかもしれないと説明しても、クローディアスはまだ納得がいかないようでした。クローディアスは、王妃のほうを見て、「そなたは、このとおりだと思うか」と尋ねると、王妃は、いかにもありえないという口ぶりで、「そうかもしれませぬ、ありそうなことかと」と答えるのでした。

国王クローディアスがさらに証拠を求めるのはまさにこのような状況でのことでした。それに対してポローニアスは、自分の計画を持ちかけます。それは、「二人の出会うところ」を観察できるときにハムレットの前に「わが娘を解き放つ」というものでした。この点において、ありえないことではないのですが、確かではありません——もっとも、このお芝居では確かなことなどほとんどないのですが——偶然、ハムレットがその場に入ってきて、二人の話をふと耳にしてしまったことが考えられるのです。そうだとすれば、もしハムレットが二人の会話を聞いていたとしたらこの場面でのハムレットのポローニアスへの態度も、その後の場面での、ハムレットが実際にオフィーリアに出会ったときの行動もそれほど不自然には思われなくなってくるのです。それぞれの場面でのハムレットの行動は、ポローニアスとオフィーリアに対してというよりは、むしろ前述したその計画に対してのものなのです。とにかく、その計画がちょうど提案されつつあったところに王妃が自分の息子がやって来たことに気がつくのです。「あ、ほら、見てごらんなさい、あんなにやつれて、あの子がなにか読みながらやってきますよ」と。

このあと四回にわたって、相手を変えながらこの場面が続きます。最初は、うわべだけ気がふれたフリをするハムレットとポローニアスの会話。そのなかで、ポローニアスは、皮肉にもハムレットの隠された「意図」に気がつくことになります。ハムレットはポローニアスに「娘はいるか」と尋ねます。すると、その問いに対してポローニアスは、ただ単に「おります、陛下」と返答するのですが、それに対して、ハムレットが、今しがた聞こえてきたことに対する含みをもたせて、「明るいところを歩かせるな。世の中のことを知るのはよいことだが、余計なものまで孕むのはよろしくない」とポローニアスに忠告してみせるのです。

しかしながら、ハムレットが気が狂っているのに間違いがないと自信を得て、ポローニアスはほとんどまったくハムレットのほのめかしたものに気がつかず、ハムレットが「まだわが娘にこだわっている」とわかったのでした。実際、ハムレットは、オフィーリアのことが忘れられずにいるのではなく、ポローニアスのおかしな受け答えを面白がっているに過ぎないのです。

この短いエピソードには、ハムレットのローゼンクランツとギルデンスターンという、国王によってスパイとして送り込まれた、二人の友人との会話が続くことになります。ハムレットの言葉には、間接的なものはあるかもしれませんが、オフィーリアについての直接の言及はまったくありませんでした。「人間を見てもうれしくはない。――女も同様だ、もっともその笑いはそうでもないと言いたげだが」。ハムレットは明らかにこの二人はハムレットとオフィーリアの関係について考えていると気がついていますが、それから、ハムレットはこの二人がハムレットのことをスパイしに来ただけでなく、ハムレットのエルシノア城に役者たちが到着したと知らせに来たのでした。その情報こそが、ハムレットをいつになく喜ばせたものでした。

役者たちが入ってくるところを期待させるような、ちょうどその場面に、再びポローニアスが、いまや古いものになっている同じ知らせを持って入ってきます。これは、遅れて知らせをもたらすというポローニアスの特徴のようで、ハムレットの「ああ、ああ」という軽蔑するような言い方にほのめかされているようです。ポローニアスが戻ってくると、ハムレットも話題をオフィーリアに戻して、聖書にある、おろかにも自分の娘を生贄に差し出したエフタというイスラエルの士師の物語をさりげなく始めます。「おおエフタ、イスラエルの士師《さばきのつかさ》何というすばらしい宝を汝はもっていることか!」と。でも、ポローニアスがハムレットの意図するところがわからなかったため、ハムレットは、流行のバラッドでもって説明しようとします。「ただ一人、花のような娘を、ただ一人育み愛した」それでもなお、ポローニアスは「まだわが娘のことを」と、そこでポローニアスは、「目に入れても痛くないほどに慈しんでおります」とエフタとの類似点を認めますが――それでもまだこの比喩のさらに深い意味には気がつかないままでした。

最後に、旅回りの役者たちが入ってきて、ハムレットに暖かく歓迎されます。それはその役者たちがハムレットの顔なじみだったというだけでなく、そのときちょうどハムレットが思いついたある計画のためでもあったのです。というのは、(ハムレットには)国王クローディアスとポローニアスは、ハムレットの分別をからめとって狂わせるためにオフィーリアを利用しているのはすでに明白なことでしたので、ハムレットは「国王の良心を試すため」に役者たちを利用する計画だったのです。

この二人の恋人たちが登場する二つのシーンで、このことすべてがハムレットとオフィーリアの関係のクライマックスへと向かっていくことになるのです。そしてそのシーンこそ、最初にクローディアスがオフィーリアを使ってハムレットの本心を探ろうとし、それから、ハムレットが旅回りの役者たちと自分が筋立てを決めて演じてもらったお芝居を利用して、クローディアスの本心を探ろうとした場面なのです。

最初のその場面は、クローディアスとポローニアスが筋立てを考えたお芝居でした。それは、ハムレットが「いわば偶然ここでオフィーリアと出会う」ことになるというクローディアスのセリフから始まります。同時に、「ポローニアスとわし自身が二人の様子を窺い、二人の様子からあの狂気が本物かどうか判断するのだ」と付け加えるのでした。ポローニアスに対して、段取りを命じます。すると、ポローニアスは、オフィーリアに向かって「此処を歩いておれ」と命じ、クローディアスに向かっては、「よろしければ、私どもは身を潜め」て、アラス織りの壁掛けあるいはカーテンの後ろに隠れるのです。そしてまたオフィーリアのほうに向き直って、「この本を読んでおれ、そうすればおつとめの姿は一人でいても不自然には見えまい」と。そこへハムレットが近づいてくる物音が聞こえると、国王に向かって「ささ、こちらへ」と誘導するのでした。

この場面でのハムレットの登場場面が、あの有名なハムレットの "To be, or not to be" という独白の場面になります。そしてこれこそがハムレットのお芝居の中心的クライマックスとなると見なされても当然かもしれません。それでも、ハムレットのこのセリフには、このお芝居のどの部分にも直接かかわっているものが何も見出せないのです。ハムレットはこの場面で、母親のことも、叔父のことも、幽霊のことも、まだそこにいることに気がついていないオフィーリアのことは言うまでもなく、何も語ってはいないのです。ハムレットの言葉は、ごく一般的なことで、この世界での人生に疲れたということ、そして死への願望を言い表しているに過ぎないのです。まるで、ハムレットの第一独白、「おお、このあまりに硬い肉体が溶けてしまえば良いのに！」というセリフに続くかのように。

とはいえ、その思いの連鎖は「麗しいオフィーリア」の姿によって、破棄されます。そして、謙虚に「そなたの祈りのなかで」私ハムレットのことも思い出してもらえるようにオフィーリアに頼むのでした。その後には、「お体はいかがですか？」「大丈夫だ。ありがとう」という丁重な挨拶のやり取りが続くのですが、オフィーリアとしては、自分の役割を果たそうとして、どこかぎこちなく、ハムレットに以前もらった贈り物を返そうとしたりします。ハムレットが嘆いていた「軽んじられた不実な恋の悩み」に対して、オフィーリアは、「お与えくださった方の不実がはっきりしたからには、立派な贈り物は私を惨めにするだけでございます」という言葉でハムレットのオフィーリアに対する冷たい態度を責め続けるのでした。このことは、ハムレットに対する策略を思い出させ、ハムレットの疑う気持ちを助長させるのでした。そこで突然、ハムレットは、「お前は貞淑な女か？」そして「お前は美しい女か？」とオフィーリアに尋ねます。それはまるで、オフィーリアの良識に訴えているかのように見えるのですが、残念ながら、オフィーリアの理解力は父親譲りのものらしく、オフィーリアにはハムレットの意図するところが見えてこないのです。その結果、ハムレットは「かつてはお前を愛していた」と認めると、オフィーリアもまた「おっしゃる通りに、陛下、私にそのように思わせてくださいました」と打ち明けます。それでも、オフィーリアの返し方のぎこちなさと、おそらく二人の会話は物陰で聞かれているということに気がついて、そのことがハムレットに、「私の言うことを信じるべきではなかった……お前を愛したことなどない」と言わせるのでした。

ここまで言い切ってしまうと、私たちとしては、本当にハムレットはそう思っていたのだろうかと疑ってみたくもなります。少なくとも、ハムレットの言葉のなかには明らかなくいちがいがあります。「かつてはお前を愛していた……お前を愛したことなどない」。この瞬間ハムレットは本当にオフィーリアへの愛を否定しようとしたのでしょうか、それともポローニアスに対するあてつけだったのでしょうか？　さらにハムレットはオフィーリアに対して唐突な質問をし続けます。「そなたの父親はどこに行った？」それはまるで、ポローニアスが実際にはカーテンの後ろに隠れていて、二人の会話を盗み聞きしているのに気がついているかのようでした。かわいそうなオフィーリアにできることは、うそを言うことだけでした。「家に居ります。陛下」と。

たぶん、そのオフィーリアのおしとやかさ、あるいはむしろ弱さこそがいまやハムレットを怒らせるのでした。というのも、ハムレットは「さらば」といってオフィーリアから離れていくのではなく、ハムレットはオフィーリアのほうに向き直って、オフィーリアの化粧をなじるのです。なぜオフィーリアの化粧がハムレットを怒らせたのでしょう？　オフィーリアの化粧が、ハムレットの欲情を刺激して、その結果「聖パウロのローマ人への手紙」に見られる教えに従って、ハムレットはそこに「原罪」の兆しを見たのでしょうか？　確かに、ハムレットのオフィーリアへの言葉には、この教えに対する意味深長な言及が見られます。それは、「美徳をやくざな古い切り株に接木するとしても、それでも元のものは良くなりはしない」。そして、「私は、母が産んでくれなければ良かったと思うほど、私は自分の欠点を数え上げることができるほどだ」。そしてついには、「そこらにいるやつらは、みなどうしようもない、ろくでなしだ。誰も信じてはならぬ」とまで言い放つのです。

この痛々しいばかりの場面は、かわいそうなオフィーリアがハムレットのことを嘆く哀れな場面で終焉します。「ああ！　なんというあの気高い精神がこんなお姿に変わり果てるのを見なければならないなんて」。そこへクローディアスとポローニアスが、カーテンの後ろから現れ、かわいそうなオフィーリアのことなど顧みることもなく、二人の印象を語り合います。二人はオフィーリアを、チェスの「歩」扱いして、この場面ではついにオフィーリアを捨て駒にしてしまいます。この会話のクローディアスに与えた影響は、クローディアスのハムレットに対する疑いを確かなものとしたことでした。それでも、ポローニアスは「ハムレットの悲しみのもともとの始まりは、拒まれた愛から来るものです」と主張するのでした。そこでは、ポローニアスはオフィーリアのことを思って言っているのですが、ポローニアスの言葉は、ガートルードを意識したものとも考えられるのです。そのときになって初めてポローニアスはオフィーリアの存在に気がつくことになります。そのときには、オフィーリアの目に見えて明らかな落胆には目もくれずただ「すべて聞いておったぞ」と言ってやるばかりでした。それればかりか、ポローニアスは、ハムレットが企画している宮廷内での俳優たちによるお芝居の後で、ハムレットをガートルードの部屋に招かせることで、さらにハムレットのことを調べようという計画を持ちかけるのです。そして、その場でカーテンの後ろに隠れて、ハムレットとガートルードの会話を盗み聞きしようというのです。

次の場面では、ハムレットとオフィーリアがお芝居を見る場面で一緒に登場しますが、そこでハムレットはクローディアスの反応を観察しようと考えているのです。此処では、ハムレットは劇の筋立てを決めるプロデューサーとなっていて、母親のガートルードが自分のそばに来るように促しても、ハムレットはオフィーリアのそばが良いとぶしつけな態度をとるのです。「いいえ、母上様」とハムレットは母親に「此処にもっとひきつけるものがございます」と、ほかにより強く性的にひきつける魅力的な存在があることを示すことで、あからさまにその母親の申し出を拒絶してみせます。それからハムレットは、オフィーリアのほうを向いて、同様に恥じる様子もなく、「お嬢さん、ひざの上でくつろいでもよろしいでしょうか?」と訊いてみせます。オフィーリアが、丁重に「そんなことをなさってはなりませぬ、陛下」と拒絶するとハムレットはあからさまに「なにか勘違いされているのではないか? そんな意味ではない」と性的な意味合いがあったことを明らかにして見せます。そこでオフィーリアが冷たく「そのようなことは申しておりません、陛下」と答えると、ハムレットは再び前のような調子に戻って、「乙女のひざの間で寝るというのは、それほどのことでもあるまい」と言い放ちます。すると、ついにオフィーリアはハムレットのぶしつけな態度に我慢ができなくなって、「そのようなお戯れを! そのようにおはしゃぎになって!」と声を上げるのでした。それでも、そのお芝居の序幕の部分が終わると、ハムレットはオフィーリアの意見を求めます。オフィーリアが、「短すぎます、陛下」と答えると、「まるで女の恋愛のように」と応酬します。

こうして再びハムレットは、オフィーリアに対してあからさまに無礼な態度をとって見せます。このことは、ハムレットが以前オフィーリアの前で誓った愛の言葉への不信感をつのらせることになるのです。あるいは、オフィーリアの冷たい態度が原因で、以前のハムレットの気持ちが、憎しみへと変わったのでしょうか？　ハムレットとしては、オフィーリアは、ハムレットより父親であるポローニアスのほうが大事だと思っていると考えているのでしょうか？　ちょうど、母親のガートルードがハムレットより、叔父のクローディアスのほうにより愛を感じていると思っているのと同じように。いずれにせよ、ハムレットは、ポローニアスやクローディアスへの嫉妬が原因で、人が変わってしまって、最初はオフィーリアに対して、そして次にガートルードに対してなにやら冷たい態度をとっているようにも見えるのです。劇中、そしてこの劇の終わりには、オフィーリアはハムレットの視界からは消えてしまいます。少なくとも、二人はこの世ではもはや二度とあいまみえることはないのです。これ以降、ハムレットの気持ちは、違った方向に向かっていきます。それは最初にクローディアスに向けられ、それからガートルードへと向けられていくのです。ハムレットが通りかかったとき、クローディアスは、ハムレットの仕掛けたわなにはまり、劇中劇で見た殺人から良心の呵責に耐えかね、神に祈っているところだったのですが、此処でクローディアスを殺せば、直接神の許へと送ってしまうと考え、この場では復讐を思いとどまります。王妃ガートルードの部屋でハムレットは自分の母親と対峙して、興奮のあまり、強い言葉で、――父親の幽霊に止められるまで――母親に詰めよることになります。このどちらの場面でも、ハムレットはオフィーリアの名前を出していませんし、ガートルードの部屋で、クローディアスとまちがってカーテンの後ろに隠れていたポローニアスを殺してしまった後でも、その名前をほのめかすことさえもないのです。ハムレットはポローニアスを殺したことに対して、後悔の言葉もなく、死体を引きずって立ち去るときに「この男のおかげでのんきに構えてはいられなくなった。死体は隣の部屋へ。今度こそ、おやすみなさい母上。この大臣やっと静かになったわい。今となっては秘密も漏らさず、静かに収まりかえっている。生きているときは阿呆なおしゃべりだったが、……さあ、片をつけてやろう……おやすみなさい母上」。ハムレットのこの言葉には、誠実さや真心はまったくといっていいほど感じられませんし、ハムレットは自分が殺したのはオフィーリアの父親だということをまったく気にかけてもいないのです。

ポローニアス殺害の結果、ハムレットは――ロミオがマンチュアへと追放されたのと同様――イングランドへと国外追放となります。しかし、この二人の主人公には、そのおかれた状況に大きな違いがあるのです。ロミオにとって、ジュリエットは、その人生すべてを捧げる存在であるにもかかわらず、ハムレットにとっては、――デンマークに戻って、偶然オフィーリアの墓に出くわすまでは、――オフィーリアのことは、まるでどうでもよい存在に見えるのです。しかしながら、ハムレットがいない間、お芝居の中心はオフィーリアに向かうことになります。それは、『ロミオとジュリエット』において、ロミオが登場しない間、ジュリエットがお芝居の中心になったのと同じように。

実際、ハムレットが登場しなくなるや否や、オフィーリアの狂気が物語の中心になっていきます。このことについても、ハムレットの狂気と同様、さまざまな疑問が出てくるのです。それは、ハムレットの場合のようにその狂気そのものに疑問があるのではなく、オフィーリアの狂気の原因が何に由来するものなのか、その狂気は何が原因なのかということなのです。オフィーリアが理性を失ったのは、その父親の悲劇的な死が原因なのでしょうか？　あるいは、ハムレットがいなくなってしまったことが原因なのでしょうか？　それとも、以前のハムレットのオフィーリアに対する無礼な態度が原因なのでしょうか？　あるいは、以前にオフィーリアがハムレットを拒絶したことが原因なのでしょうか？　それとも、今までにあげたすべてのことが原因になっているというのでしょうか？

私たちが見ることのできる気が狂ったオフィーリアの歌の断片から、その気持ちを、確かなものとはとてもいえるものではないのですが、ある程度見てとることができると思います。しかし、そこには何もあきらかなものはないのです。「どうしたらあなたの本当の愛を知ることができるでしょう？」というオフィーリアの歌う最初の歌では、オフィーリアはまだハムレットのことを本当の恋人と思っていると思わせるものです。このときハムレットは、あたかもイングランドへの巡礼の旅の途中であるかのように「貝の形の帽子をかぶり杖」をもって、と仮装舞踏会で好まれた巡礼姿を思わせる姿で歌われています。しかし、そのすぐ後で、死んでしまった父親のことを嘆いて、「お亡くなりになって」、そして「緑の芝草の下に葬られた」とさらに歌を続けています。オフィーリアはさらに、その墓を「恋するあまり、涙の雨にぬれたまま」と続けています。それはまるで、オフィーリアは父親であるポローニアスの実際の墓のことを言っているのか、それともハムレットへの愛の終わりを象徴させて言っているのか、あるいは、その両方のことをない交ぜにして言っているのかもしれません。

そして、オフィーリアは、奇妙な「おやすみなさいまし、ご婦人方、おやすみなさいまし、お優しいご婦人方、おやすみなさいまし、おやすみなさいまし！」というセリフの繰り返しを残してしばらく舞台からは姿を消します。とはいえ、この場面では女性はガートルードしか登場していないのですが。このオフィーリアの別れの言葉は、（寝室の場面のあとの）ハムレットのガートルードへの別れの言葉を思い出させますし、（バルコニーの場面の後の）ジュリエットのロミオとの別れの場面を（それの模倣として)思いださせます。しかし此処では、私たちはオフィーリアの言葉になにか不気味なものを感じざるを得ないのです。

ここでオフィーリアが立ち去ってすぐに、彼女の兄のレアティーズが登場します。レアティーズは、国王クローディアスを今にも殺さんばかりに気負って、父親のポローニアスの復讐に燃えているのでした。クローディアスは、誤解を解くための間もなく、そこに再びオフィーリアがもどってくると、その哀れな姿にレアティーズはさらに復讐心をたぎらせるのでした。かつて、オフィーリアがハムレットを「この国の希望でも飾りでもあった方なのに」と言っていたのを受けて、レアティーズは、「ああ、五月のバラよ。麗しの乙女よ。やさしい妹。いとしいオフィーリア!」とその妹のことを呼ぶのでした。レアティーズの考えでは、オフィーリアは父親をあまりに思っていたため、その死とともに、その正気も失ってしまったというのですが、同じことが、ハムレットへの秘めた恋心にも言えるのかも知れないのです。

この痛ましい二つの場面は、王妃ガートルードによって、オフィーリアは溺れて死んだと語られるのでした。オフィーリアの死に方は哀れで痛ましいものであると同時に詩的なものになっています。

しかしながら、このお芝居のなかでのオフィーリアの役割の終わりでもなく、あるいはハムレットとの関係の終わりというわけでもありませんでした。むしろ、ハムレットのなかの新しい人生の始まりと新しい思いとを生まれさせることになりました。というのも、今やハムレットは思いがけずデンマークに戻り、そして親友のホレーシオとともに教会の敷地で二人の墓堀りに出会うことになります。私たちは、その場面で、その墓穴は、明らかに、自殺した人の為のものであること、そして、その人が女性であることを知らされることになります。しかしながら、ハムレットはさしあたり、そんなありふれた情報しか与えられなくて、ハムレットは単に死を肉体というものの終わりにすぎないものだと思い返します。そこに、葬儀の行列が入ってきて、その参列者のなかには、レアティーズのみならずクローディアスとガートルードも含まれています。それでも、レアティーズが「貴様が地獄でのたうちまわっているときに、俺の妹は天国で天使になっていようぞ」という言葉を聞いて初めてそれがオフィーリアの遺体であって、それがオフィーリアの葬式だということに気が付いて、「何！　オフィーリア？」と叫ぶのです。

そこへ、王妃ガートルードが前にでて来て、棺桶に花をまき散らしながら、以下のように言うのです。

美しいひとには美しい花を、さようなら！
ハムレットの妃になってくれることをのぞんでいたのに。

そして今度はハムレットが、レアティーズの激しい言葉とともに、前に出て来るのです。自分自身を王にふさわしい堂々たる「我こそはデンマークのハムレットだ」という言葉とともにオフィーリアの墓穴に飛び込んで、二人が力ずくで引き離されるまで、レアティーズと取っ組み合いのけんかをするのです。そしてハムレットは「オフィーリアを愛していた」と言い放つのですが、そんななかでも、ハムレットの言葉は、怪しいと言わざるを得ないのです。というのも、これ以前もそのあとも（ガートルード自身が認めているように)「ただ狂気」のなかで発せられた言葉だからなのです。この点で、悲劇のなかにあるハムレットの言葉を信じてみたくなるところですが、それでもまだ疑ってしまうのです。

とにかく、この激しい争いの結果は、この後に続く二人の若者のより形式にのっとった決闘の場面で見ることになります。しかしこの場面ではオフィーリアについての言及はまったくなくなっていて、そればかりか、ポローニアスについての言及さえないのです。決闘の場面で、ハムレットがレアティーズに対して謝罪する際には、ハムレットはポローニアスを殺してしまったこと、あるいはレアティーズの妹のオフィーリアを狂気に追いやってしまったことに謝罪するのではなく、墓場でレアティーズと争いになったことにのみ――しかもそれは単に自分の狂気が原因だというのですが――言い訳のように謝罪するのでした。すべてが混乱と殺害のなかで終わりとなったときになってやっと、ホレーシオがハムレットとオフィーリアの別れの言葉「おやすみなさい、美しい王子様」を忠実に繰り返し、それに続いて「群がる天使の歌声に誘われ、ハムレット様は安らかなる眠りに!」と続けるのでした。この祈りをレアティーズの預言と結びつけて考えると、私たちは、ハムレットとオフィーリアはともに天国で天使となっているところが見えるのです。

第三講　オセロのデズデモーナ

『ハムレット』と『オセロ』の二つの物語以上にかけ離れたものを思い浮かべることはかなり難しいでしょう。それでもシェイクスピアは一つの作品を仕上げると、ほとんど間髪いれずに次の作品に取り掛かりました。『ハムレット』の物語はデンマークの暗黒時代を扱っていて、その舞台は北欧の霧に包まれた土地に舞台が置かれています。ところが、『オセロ』の方は、ルネッサンスの頃のヴェニスの明るい雰囲気に満たされていますし、さらにその舞台はヴェニスから陽光あふれる地中海のキプロスへと移っていきます。ここで、『ハムレット』のような幽霊に出会うことも無く、また『マクベス』の魔女も登場することは無い、すべては人間の世界で起こる出来事なのです。

同様に、オフィーリアとデズデモーナほど違うヒロインを思い浮かべるのも難しいことでしょう。オフィーリアは恋人のハムレットに会わないようにという父親ポローニアスの言いつけを守って、その結果そのことがすべての悲劇の始まりとなり、デズデモーナは、自分の恋人のオセロと駆け落ちするときに父親のブラバンショーを騙して、父親に気づかれる前にオセロと結婚してしまいます。この点ではデズデモーナはよりジュリエットに似てはいますが、このことがまた彼女にとって悲劇の始まりとなります。

とはいえ、オセロとデズデモーナとの秘密の結婚の知らせからこのお芝居は始まります。このお芝居の悪役、イアーゴが、そのろくでなし仲間、ロデリーゴと一緒にヴェニスのブラバンショーの家の前で大声を上げるのです。面白いのは、お芝居がその始まりからイアーゴの目を通して観客に語られていくことです。イアーゴはいわば、ステージマネージャーであると同時にお芝居全体のプロデューサーの役目を果たしてもいるのです。このイアーゴこそがオセロをおとし入れ、さらにデズデモーナとの慈愛に満ちた幸せを終わらせる人物なのです。そしてまたイアーゴがオセロのデズデモーナへの信じがたい気持ちの変化をあり得ないことではないと納得させるために、観客の心に魔法をかけてしまいます。こうしてイアーゴこそがこの劇を悲劇にするための悪意に満ちた空気を作り出すことで『ハムレット』の幽霊や、『マクベス』の魔女と同様の役割を果たしているのです。はじめのうちこそイアーゴはごく当たり前の普通の男のように見えるのですが、次第に悪魔の化身のような本性を見せ始めるのです。

オセロを軽蔑するあまり「ムーア」と呼び捨てにして、イアーゴが同僚のロデリーゴにその黒人を嫌う理由を話して聞かせる場面から始めることで、このお芝居は最初からいわゆる暗い調子を帯びて始まっているのです。いろいろな理由があるなかで、イアーゴとしては、自分の方が戦場での経験が長いことから自分のほうこそその権利が当然あると思っていたにもかかわらず、オセロが、ヴェネチア軍の将軍として、若い部下のキャシオーを旗持ちに推薦してしまったことに腹を立てているのです。とはいえ、長い会話で、そのいろいろ話しているなかでイアーゴが「その父親」の家柄を指摘して初めてデズデモーナの名前が登場するのです。それから二人がいっしょに大声をはり上げることで、お芝居の雰囲気は暗い調子から、にぎやかな騒がしいものへと変わっていきます。最初のうち、何が起こっているのかはっきりしていなくて、ただイアーゴが「お前の屋敷に気をつけろ！　おまえの大事な娘に気をつけろ！　おまえの大事な財産に気をつけろ！　泥棒だぁ！　どろぼうだぁ！」と叫び声をあげているのです。

二人の「ひどい騒ぎ」に驚いて、ブラバンショーが建物の上のほうにある窓から顔を出して、怒ってなぜ二人が自分の眠りをそんなに大声を出して妨げるのか尋ねると、下のほうから、二人はブラバンショーにその娘が「汚らわしい黒人のおぞましい抱擁」のなかにあると卑猥な言葉を投げかけ、最後には、この二人の言うことからではなく、というよりはデズデモーナが屋敷にいないということがわかって、おまけにしばらく前にそういった夢を見たことを思い出して、ブラバンショーはこの二人のいうことを此処に至って信用するのでした。そこで、ブラバンショーはオセロを探し出すために召使とともに手に松明を持って二人のところまで降りてきました。

さて次の場面で私たちはオセロに、再び登場したイアーゴと一緒にいるところに出会うことになります。イアーゴとしては、あたかも舞台監督でもあるかのように、ブラバンショーがこっちにやってくることをオセロに知らせようと慌てて登場し、そこへ何人かの士官たちが松明を持って登場してきます。そのうちの一人がブラバンショーだと思うのですが、実はそんなことはなくて、その人こそ、公爵からの緊急の知らせを持ったキャシオーで、その知らせはキプロス島に上陸したトルコ人による差し迫った危機に対処するためにすぐにオセロに来て欲しいというものでした。その後になってブラバンショーが、オセロを逮捕するために、何人かの他の士官たちを引き連れて入ってくるのでした。

怒りに任せて憤然として、ブラバンショーはオセロに対して自分の娘をたぶらかすために魔法を使ったと告発するのでした。しかしオセロは、自分を告発者たちの前に立つキリストのように、ブラバンショーの前に静かに立ち、公爵によって議会に召喚されていることで牢につながれるためにあなたについていくのは少し難しいと答えるのです。

ヴェニス元老院議会のある部屋では、公爵とヴェニスの元老院議員たちがトルコの脅威にたいしてどう対処するか話し合っているところに、オセロとブラバンショー以下の登場人物たちが入ってきて、ブラバンショーは部屋に入るなり「わたしの娘が！　ああ、わたしの娘が！」と公爵の前で、苦悶の声を上げて、オセロを非難し始めます。しかしオセロは、元老院議員たちの注意と敬意を勝ち取るために「国家の枢機に与られる議官諸兄、わが尊敬と親愛の的たる御一同の前に謹んで申し上げる」という長く威厳に満ちた演説で自分自身の弁護を始めるのです。オセロはさらに続けて、自分がデズデモーナの心をとりこにしてしまったその不思議な冒険のロマンチックな物語をしたそのいきさつと、それがいわばデズデモーナにかけた魔法のすべてなのだと語るのです。その話を聞いた公爵も、「いまの話はわが娘もとりこにしそうだ」と言わずにはいられなくなる物語でした。

第三幕において、いつものように、いままでの出来事すべてがヒロインの登場へとつながっていくことになるのです。そして今回は、デズデモーナはイアーゴにではなくその父親によって物語の舞台へと導かれてきます。ブラバンショーは、「此処にお集まりのあらゆる高貴なるひとびとのなかで誰にもっとも一番に従わなければならないか」デズデモーナに話すように促すのでした。そこで、デズデモーナは父親からオセロの方に向きなおって、『リア王』のなかの同じような場面でコーデリアが

そうしたように

私の何よりも大切なお父様、
私はここで二つながらの義務にひき裂かれる思いでございます。
お父様にはこの命と育てていただいたご恩がございます。
私はほかならぬお父様の娘ではございますが、わが夫は此処に居ります。

デズデモーナの母親のことに続いて、自分の父親の前にその夫をおくのでした。そこでブラバンショーはしぶしぶ同意せざるを得ないのでした。

そこで、登場人物たちは国家の差し迫った事情に向き合うことになり、そのなかでもオセロは戦場となっているキプロスに送られることが明らかになっていました。このためデズデモーナはどうするのかという問題が出てくるのですが、ブラバンショーはもはや自分の娘を家に連れて帰ることを拒み、デズデモーナ自身もその父親に従う気は無いと言い張るのでした。デズデモーナはむしろ、「公然と世の中のしきたりを破って、運命の嵐のなかに飛び込む」ことを考えた上で、オセロについてキプロスに行く許しを求めるのでした。デズデモーナの申し出は受け入れられ、オセロはデズデモーナをイアーゴとその妻のエミリアに任せ、オセロ自身はすぐさま船出するのでした。

ここでヴェニスからキプロスへの航海の場面が続き、そのなかでひどい嵐が船を襲うことになります。その嵐はこれからデズデモーナの身の上に起こる悲劇の一つの前兆のように見えるのですが、とはいえ、デズデモーナはその嵐のなかを無事に通り抜けてきます。最初にキプロスに到着したキャシオーがキプロスの総督のモンターノにオセロのデズデモーナとのめでたい結婚のことを報告することになります。

オセロ様は奥方をお迎えになりました、筆舌に尽くせないほどの評判の女性です。

そして、キャシオーこそが、デズデモーナの登場と同時に彼女に、まるで、聖母マリアに話しかけてでもいるかのように恭しく言葉をかけるのです。

おめでとうございます、デズデモーナ様。天のお恵みがその前に、後にあなた様の周りにいつもありますように！

港に最後に無事に着いた船こそがオセロのものでした。そして、まもなくオセロが登場して、キャシオーに声をかけ、デズデモーナを抱擁するのでした。

そして再びイアーゴだけが後に残され、そこにやってきたロデリーゴとともに更なる悪だくみをするのでした。イアーゴはロデリーゴに、結婚したばかりにもかかわらず、デズデモーナはもうすでにその肌の色の黒い夫に愛想をつかしているに違いないと言い張るのでした。でもロデリーゴはキャシオーのように、デズデモーナは、〝もっとも祝福されて幸せのなかにある〟とわかっているため、イアーゴのいうことには同意できるわけがありませんでした。そういっているときに、キャシオーのデズデモーナに向けた言葉、それは聖母マリアへの天使ガブリエルの言葉を忠実に写したものにも思えるということに注意すべきでしょう。

次の場面でも、デズデモーナへの賞賛は続き、イアーゴとキャシオーはそれぞれさまざまなやり方でデズデモーナへの完璧さを語るのでした。本質的にイアーゴは育ちの良くない粗野な人間でした。イアーゴの目にはデズデモーナは「あの女は主神ジュピターの慰みものにしてもいいくらいのいい女」で「まわりの男をたぶらかす手管に長け」ていて、その姿はまさしく「挑発のラッパ」で、「恋を呼び覚ます早鐘」に他ならないのです。とはいえ、イアーゴにとっての「恋」という言葉はイアーゴの「情欲」を表すものに他ならないのです。それに反して、キャシオーはデズデモーナを「無上の美しさをたたえた女性」であって「もっとも生き生きとして、もっとも精巧な神の被造物」であり、しかも「本当に穏やかな」そして「完璧そのもの」と呼ぶように、キャシオーの対照的な態度は騎士道の典型なのです。当面、オセロが目をかけているのは騎士道精神を持つキャシオーなのですが、イアーゴとしては、まもなくキャシオーからは副官としての地位を奪い取ろうとしていて、おまけにイアーゴのみだらな欲深さは、これからオセロの心にそのいとしい細君への激しい不信感を吹き込もうとしているのです。

他方、イアーゴとしては、オセロの船が無事に着いたこと、それにトルコの脅威が去ったことを祝うための祝杯を挙げる準備をしているのですが、イアーゴの本当の意図はキャシオーを酔わせて争いに巻き込み、オセロの信用を失わせ、副官の地位をキャシオーから奪い取ろうというものでした。そして酒を飲んだことで狙いどおり酒の飲めないキャシオーは酔って、モンターノーと悶着を起こしてしまいました。即座にイアーゴは、オセロを目覚めさせるためにあらんかぎりの大声を上げる機会を得るのですが、その叫び声はこの劇のはじめにイアーゴがヴェニスで上げた叫びを思い出させものでもあるのです。その結果、イアーゴの思惑通り、キャシオーはその信用を失い降格させられてしまうのです。最後に、キャシオーと二人で残されたイアーゴは、デズデモーナにとりなしを頼むようにキャシオーをけしかけるのです。以前、イアーゴはロデリーゴと同じような言葉でもってデズデモーナを賞賛しています。

あの人は気さくで思いやりが深く、頼まれたらなんでも否とは言えない、まことに尊敬すべき気性の持ち主で、人に求められたら、それ以上のことをしてやらなければ良心がとがめて仕方がないというところがある。

このようにしてこのお芝居の流れは急に登場人物たちのキプロス島への安全な旅の話から、オセロを陥れるための策略へと話が移っていきます。五百行読み進まないうちに、私たちはデズデモーナと恋に落ちたオセロをその始めの場面で見ることになりますが、まもなくイアーゴに言葉巧みにその「毒」を注ぎ込まれることによって、最後にはその嫉妬に狂った、デズデモーナへの憎悪に物語は代わっていってしまうのです。すべてはキャシオーがデズデモーナのところにやってきたときに起こるのです。キャシオーがデズデモーナに口添えを哀願したときに、イアーゴがその場面にオセロをわざわざ連れてきます。その二人が一緒にいるところを見て取ると、イアーゴはわざとらしく「おやおや、悪いところに居合わせてしまった」と叫んでおきながら、オセロには「何でもございません、将軍」と取り繕うふりをするのです。イアーゴの言葉はデズデモーナ自身によって裏打ちされたものになってしまいます。デズデモーナが大急ぎでオセロのところに飛んできて、キャシオーのために「私、今日まで、何かしてくれとおっしゃられて、それをお断りしたり、御返事をためらったりしたことがあるかしら」。しかしながら、しばらくの間、オセロの心からはデズデモーナは退けられ、そのときにはすでにオセロはキャシオーに対して疑いを抱き始めていたのでした。

まさにイアーゴがオセロとデズデモーナの間に入ったときに、キャシオーとデズデモーナとのかつての関係を調べていて、このときまさにイアーゴにとってそのたくらみを進める絶好の機会となりました。巧妙に、イアーゴはオセロに嫉妬の気持ちを芽生えさせていき、そして同時にオセロに芽生えた嫉妬をオセロ自身にはっきりと自覚させていくのです。さらに、オセロの誠実な友として、イアーゴはキャシオーから目を離さないようにと忠告するのでした。他方、ヴェネチア人一般の性に対する行動をほのめかすことによって疑いを持たせているのです。

またイアーゴは、この機会を逃さずオセロにデズデモーナの父親ブラバンショーのことを思い出させて、「あのお方は、自分の父親さえだましてあなた様と結婚したのですよ」とオセロに吹き込むのでした。しかし、イアーゴはオセロの顔色の変化に気がつくと、しゃべりすぎたことに、それはすべて自分が正直すぎるためであり、将軍のことを思うから出た言葉だと、悔やんで見せるのでした。

イアーゴは自分の悪だくみをめぐらすためにしばらくオセロのそばを離れますが、そのときオセロはイアーゴの誠実さを疑うことなど思いもよらず、まさにそのために自分の妻のデズデモーナの誠実さに対して、「もしかしたら……」という疑いを抱くようになります。その「もしかしたら……」から始まって、オセロはさらにデズデモーナへの疑いを深めてゆきます。それは「自分が黒人だから……」、あるいは自分が「宮廷の人間たちの得意とする気の利いた会話」ができないから、あるいはまた「自分が年をとりすぎている」からだと考えを巡らせ始めていくのです。それからオセロは早々に、「優しい女を自分のものだといいながら、心のなかでは自分のものだと言い切れない」という「結婚の呪い」という思いにいきついてしまうのです。

しかしながら、ひとたびデズデモーナの姿を見ると、オセロのこの疑いの気持ちはうせてしまうようでした。ただオセロは眉の辺りに痛みがあるというと、デズデモーナはそれを自分のハンカチーフで縛って治療しようとします。オセロはそれを払いのけてしまいますが、デズデモーナはオセロのことが気がかりで、それが落ちたことに気がつかないままになってしまいます。二人が出て行った後で、イアーゴの妻のエミリアがそれを見つけて拾い上げることになります。エミリアはそれがただのハンカチーフではなく、オセロからデズデモーナへの特別な贈り物だったことに気がつきます。そしてその贈り物のハンカチーフこそがイアーゴがエミリアに手に入れるように以前からたのまれていたものだったのです。それで、エミリアとしてはそれをすぐにデズデモーナに返すのではなく、イアーゴに渡してしまうのです。それをイアーゴはオセロをその嫉妬で狂わせる手段としてそのハンカチーフをほくそえみながら受け取るのでした。

オセロは今や疑心に苛まれ、いかにもすべてに嫌気がさしたかのように舞台上に戻ってきました。

怒りに任せて、オセロはイアーゴにデズデモーナの中傷に対する確たる証拠を出すように言いつけました。イアーゴはこの怒りの暴発に対して、不意をつかれてびっくりしたふりをして、おまけに自分の正直さを後悔するふりまでして見せるのでした。とにかく、イアーゴはオセロに、キャシオーとデズデモーナの不適切な関係を暴くことなんて、とつけ加えて見せます。イアーゴにできることといったらせいぜいキャシオーの手の中にあったハンカチ程度の状況証拠を提供するだけのことしかできないというのでした。それに「確かそのハンカチはデズデモーナへのオセロの贈り物だったはずでは？」と付け加えることを忘れませんでした。これを聞くや否や、オセロはそれ以上の証拠を必要としませんでした。オセロはデズデモーナとキャシオーとのことに確信を抱き、「あの大理石のように永遠に冷たく輝く大空」と「永遠に輝く日月星辰」に向かって、イアーゴとともにオセロは威厳をもって「ありとあらゆる、あらん限りの復讐を」、キャシオーとデズデモーナに対して、果たすと誓うのでした。

こうしてこの一場面で、イアーゴのオセロへのすべての罠を仕掛けることが完了したことになるのです。この場面は心理を描いたものとしての最高傑作でありましょう。それは、ジョン・ミルトンにその『失楽園』第九編においてサタンによるイヴの誘惑の場面を書く際に一つの糸口を与えたことは十分に考えられることなのです。さて、いまやオセロの心のなかではデズデモーナへの愛は憎しみにとって代わり、自分の復讐の計画を実行することしか考えられなくなっていました。シェイクスピアの作品のなかでも、此処まで一つの場面に完全に集中しているものは珍しいのです。というよりはむしろこのお芝居『オセロ』はとてもユニークだと言うことができるでしょう。

しかしこの計画には、朝に企てて、夜になってから実行するという時間的なずれがあるため、イアーゴにとっては、オセロの突然の決意が揺るがないものにする必要があったのです。デズデモーナ自身は、自分の夫を悩ましているものがあることにも気づかず、キャシオーのために心を込めた嘆願を続けるのでした。そこでオセロが唐突に自分が与えたハンカチのことを尋ねられるとその気をそらせるようなことを言って、そしてついには「失くしてはいません」と嘘までついてしまうのでした。この会話の終わりごろにデズデモーナは、自分と夫との間に何か深刻なことが起こっていると気がつき始めるのでした。

そして再びオセロがイアーゴと二人だけになってみると、イアーゴはキャシオーとデズデモーナとの関係を思い起こさせることで、オセロの病んだ心をさらに掻き立てる機会を抜かりなく利用するのを忘れませんでした。そのため、オセロの送ったハンカチが無くなったことを思い出させることによって、このオセロの思いはとどまるところを知らず、ついにはオセロを茫然自失となって気絶するまでに追い込むのでした。イアーゴはオセロに向かって「廻れ、廻れ、俺の毒薬、体中を駆け廻れ！」とほくそえむだけでよかったのでした。イアーゴはオセロが息を吹き返すのを待って、デズデモーナのさらなる浮気の証拠を出してきました。そこで、つい今しがた約束した、イアーゴとキャシオーとの、明らかにデズデモーナの話題になるはずの、実際にはキャシオーの恋人のビアンカのことについての会話を盗み聞きするようにオセロに熱心に勧めます。こうして、ビアンカがキャシオーのことをどれほど思っているかという話をすべて、オセロは間違ってデズデモーナのことだと勘違いしてしまいます。そこでオセロの嫉妬はさらに深まり、オセロはまさにその夜に寝床でデズデモーナを殺すことを決意することになりました。

そして、デズデモーナがヴェニスからの特使たちとともに部屋に入ってくると、オセロは我を忘れて、デズデモーナに「悪魔、悪魔め！」と叫びながら、彼女を殴ってしまいました。

その後まもなく、オセロはエミリアにその女主人のことについて聞くことができました。しかし、当然、エミリアは強くデズデモーナを弁護しますが、にも関わらず、オセロはそれに興味を示さず、エミリアの主人を連れてくるように命じるのです。いまやオセロはあからさまにデズデモーナの不実を口にして、「天は知っているだろう。悪魔にもひとしい不義を働いたことを」。デズデモーナには弁護の機会が与えられず、オセロの耳はデズデモーナの言葉に対して閉ざされてしまいます。オフィーリアがハムレットに対してそうであったように、デズデモーナがその夫の態度にどうしたら良いのかわからなくなったとしても当然のことでしょう。さりながら、エミリアはそこにすぐに誰か悪人の意志が働いていることを見抜きますが、それでもなお、まだ自分の夫を疑うことは思いもよらないことでした。

さらに、デズデモーナが寝床を用意する場面が続きますが、そこで自分の思いをエミリアに打ち明けます。デズデモーナはさらにエミリアに対して、夫婦の間の不義・不貞の可能性について、そしてその結果として起こることの相談を持ちかけます。しかしエミリアとは違って、デズデモーナはそのどちらの考えも否定してしまうのです。仕返しに関していえば、デズデモーナは、「どうか神様、悪い例を見ても悪いことを覚えずに、悪い例のおかげで自分を改めるような習慣をおあたえください」と神に祈るのでした。

そして最後に、デズデモーナの死というクライマックスの殺人が起こってしまいます。オセロがろうそくを持って寝室に入ってきたとき、デズデモーナはもう眠っていました。それまでのオセロの怒りは信じられないことに、消え去ったかのように見えました。ことにオセロは物静かで、宗教家のような雰囲気さえ漂わせていました。オセロは眠っているデズデモーナの美しさを、「かほど麗しく、しかもかほど罪深い女は、世に二人とはいないぞ」(ほとんどキャシオーの言葉で)と称えずにいられませんでした。オセロはデズデモーナの唇に何度も、何度もキスさえしてやりました。オセロはデズデモーナのために泣くことさえするのですが、しかし哀れみながらもオセロは神の正義の剣で武装しているものと思い込んでいるのでした。オセロの悲しみは、オセロが考えるところでは、神聖なものでした。というのも、「神は愛する者でさえその上に鞭となって打ちおろされる」のだから。ただ、オセロは聖書の続きを付け加えるのを忘れています。それは、神の「正義」は人を打つばかりでなく、人を癒しもするのだから。

デズデモーナが目を覚ますと、オセロは厳しくデズデモーナに死ぬ覚悟をするように命じるのです。再びオセロは自分に神の役割を与えられたと思い込んでいますが、それこそ、イエス・キリストの言葉にあるように「体も魂も地獄で滅ぼす力のある方である」神だけが持つ役割なのです。であるにもかかわらず、デズデモーナが許しを請えば請うほど、オセロの怒りはいや増して、オセロがはじめに見せていた穏やかさは消えて、その振る舞いは心が石に変わったかのように頑なになっていくのでした。ついには枕を取り、デズデモーナの顔を覆ってしまうのでした。もう手遅れになって初めて、部屋の外でエミリアの声がするのに気がついて、オセロは自分のしたことに気がつく有様でした。

エミリアが部屋に入ってきて、デズデモーナがそのベッドで死んでいるのに気がつきます。そこでエミリアはデズデモーナの「ああ間違いなの、なんでも無いのに殺されて」そして「無実の罪で死ぬのです」という最後の言葉を聞くことになるのです。エミリアが驚いて「誰がこんなことを?」と訊くと、デズデモーナは自分の夫を弁護し、自分を責めることまでするのです。しかし、オセロは自分こそがデズデモーナを殺したことを公言する一方、デズデモーナが結婚の誓いを裏切ったと非難するのでした。エミリアはオセロの言うことを信じようとはしませんが、イアーゴこそが事情を知っていて、オセロにそのことを話したと聞いて震え上がるのでした。

いまやこの会話のなかで、デズデモーナの善意が明らかになることで、イアーゴのあからさまな悪意が際立つのでした。エミリアはデズデモーナを「天使」であって、その夫にとっては「天上の純粋」だと言うのでした。同時に、エミリアはオセロを「馬鹿」で「石頭」で、また「木偶の坊同然の分からず屋」と、またエミリアの怒りの矢面に立つためのように部屋に入ってきたイアーゴをののしり続けるのでした。オセロに対しては、エミリアは「お前はこの世の光を見たなかでもっとも純真なひとを殺したんだ」という言葉をぶつけるのです。しかしオセロがハンカチのことを証拠としてあげると、エミリアは迷わずすべての仕掛け人はほかならぬ自分の夫だということに気がつくのです。そこでエミリアは、「言うとも、言わずにいられるものか!……嵐のように思う存分しゃべってやる」と迷わず自分の夫を告発しさえするのです。そのときイアーゴはエミリアに致命傷を与え、部屋から出て行ってしまうのでした。

そのいまわの際に、エミリアはデズデモーナの無実であることを保障し、「ムーア様、奥様はきれいなお体でお亡くなりになりました、あなた様を心からお慕いして。酷いムーア様」と言い残して。そしてオセロは、デズデモーナの亡骸のそばで、「賢明に愛することはできなかったが、心の底から愛した」もの、そして「めったに猜疑に身を委ねはしないが、悪だくみにあって騙されて、すっかり混乱してしまった」もの、さらに「その手は、外道のユダヤ人のように、その一族すべてにも勝る宝を捨てた」ものとして最後の独白をするのでした。このことすべてが、オセロの自殺という「血にまみれた終わり」へと続き、冷たくなったデズデモーナの亡骸を抱いて、オセロは

お前を殺す前に口づけをしてやったな。いま、俺にできることは、こうして自らを刺して死に
おのれをゆだねながらお前に口づけをしてやることだけだ。

明らかに、オセロは自分の師、イエスに口づけをし裏切って、その後絶望のうちに自殺したユダに自らをなぞらえているのです。しかし同時に、困惑のなかでオセロはその虫も殺せない妻の亡骸を抱くことで、自分のピエタを描き出しているのです。それはあとに続く『リア王』のなかで、悲しみにくれる父親がその罪を知らない娘の亡骸を抱くという場面のさきがけとなっているのです。

そこで、オセロという人物の総括として、もしドラマの限界を超えて考えることができるとしたら、おそらくここに神の救済を見出すことができるでしょう。これはお芝居のなかのセリフに見出せるばかりでなく、『リア王』の似通った結末と比較することで指摘することができると思います。オセロの最後とリアの最後の共通点を見たときに、どちらもその死が「神の救い」と関わりをもってくる、

デズデモーナとコーデリアの共通点にまず気がつくだろうと思います。もっとも、コーデリアの方がデズデモーナよりもその罪深い父親の「救済者」としての性格をよりはっきりさせてはいますが。視点を変えてみると、オセロが「最後の審判」で自分の「魂」の救済を期待しないことと同じような考え方が、魂の破滅を扱った「道徳劇」として色分けされがちな『マクベス』のなかに見出すことができると思います。というのも、『マクベス』にはヒロインは登場するものの、デズデモーナやコーデリアのように主人公たちに希望をもたらすような存在とは程遠い、劇の最後には「悪魔のような王妃」と表現されるマクベス夫人だからなのです。

第四講　マクベス夫人

当然、私たちとしては『マクベス』に登場するヒロイン（もしいればの話ですが）とは誰のことを言うのか訊いてみたくなることでしょう。確かにマクベス夫人がこのお芝居のヒロインだとは言いがたいことでしょう。むしろ彼女はこのお芝居での「悪役」、その言い方がおかしければ「女悪役」とでも言うべき存在と言うことになります。マクベス夫人はそのセリフのなかで、「女でなくしておくれ」と悪霊に祈る場面があるので、――つまり、これからおぞましい「殺人」という自然の摂理に反する行為を行なうためにあらゆる「女性らしさ」を取り除いてしまいたいと望むためで、あまり彼女を一人の女性とは考えてはいけないのかもしれません。確かにマクベスとの関係で言えば、夫人は（いわゆる）「夫を尻にしく」タイプの女性である一方、夫の方は常に奥さんの顔色を伺っているタイプの夫ということができます。実はそれがマクベスにとっての悲劇だったのです。自分でも言っているように、マクベスは「男らしいことだったら何でもやる」のですが、自分の細君には頭が上がらないのです。

それではほかにどんな女性がヒロインとして登場するのでしょうか？　と言うのは、シェイクスピアのお芝居は、ヒロインなしでは成立しないからなのです。子供たちを殺されるマクダフ夫人は一回だけ夫のマクダフへの報復のためにマクベスの可哀そうな犠牲者として登場します。それから、無名の侍女が、夢遊病になったマクベス夫人に付き添って登場します。また言うまでも無くマクベスが「運命の三姉妹」(あるいは運命の女神)と呼ぶ、三人の魔女たちが登場します。でもそれらは、人間というよりも、「地獄の手先」とでもいうべき存在です。『マクベス』に登場する魔女たちの、観客に呪文をかけてマクベスの犯す「国王殺し」という罪を必然的なものに変えてしまうその役割は、『ハムレット』に登場する幽霊に当たるものでしょう。

いずれにせよ、もしマクベスが(誰もがそう考えるように)主人公であると同時に悪役でもあると言うならば、マクベス夫人もヒロインであると同時に女悪役でもあるのでしょう。なるほど、この要素はシェイクスピアの作品のなかでも、このお芝居を独特のものにしていると思います。しかし道徳劇としては(オセロよりはむしろ)独特なものとなっているのです。主人公のマクベスは人格的にも気高い領主であったはずが、ふとしたきっかけで道を外れてしまい、破滅としか言いようの無いものへと落ちていってしまうのです。さらに、このお芝居のマクベス夫人は主人公のマクベス以上に主人公らしく振舞うのです。最初からマクベス夫人には高貴で堂々としたところがあるのです。しかしマクベス夫人はその夫に比べてあまりに野心的、あるいはむしろ夫に対して傲慢であって自分自身あまりに思い上がったところのある女性なのです。

さて、お芝居と場面の流れに目を向けてみると、魔女たちがヒロインにはなれないというシェイクスピア的証明が必要だとしたら、魔女たちが初めて登場する場面からの登場の仕方を考えてみれば明らかだろうと思います。その恐ろしい呪文「綺麗は汚い、汚いは綺麗」によって、魔女たちは悪意に満ちた呪われた雰囲気を呼び出し、そのなかでマクベスは「存在するのは実際には存在しない幻影ばかりだ」と感じることになります。『オセロ』の冒頭の場面でのイアーゴのように、マクベスを待ち伏せして、マクベスをその運命となる破滅へと導くことこそが魔女たちの目的だったのです。

そして第二幕になると、スコットランドのフォレスのそばの国王の野営地で、ほかの端役の登場人物たちからマクベスについてさらに多くのことを知らされることになります。と言うよりはむしろ、ダンカン王とともに、いかようにマクベスは将軍として無情な反乱に立ち向かってダンカン王とその国のために獅子奮迅の戦いをしたかを血まみれの使者からすべて知らされることとなります。マクベスはまるで「血に飢えた獅子のように勇敢に」しかしまた「血しぶきを浴び血まみれになって」、「敵を血祭りにあげる」剣を勇敢に振るっていた。マクベスとその同僚のバンクオ将軍は二人とも「二度詰めした大砲のように敵を撃破し」、あたかも二人は「傷口から吹き出す血で体を洗おうとするのか、あるいはまた新しいゴルゴダの丘を築こう」というのか当たるを幸い敵をなぎ倒しておりましたと。その使者があたかもマクベスに聖パウロの言葉「またもや神の御子を、みずから十字架につけてさらしものする」を当てはめるように使っているのは奇妙なことでありまた大事なことでもあるのです。

そしてまた、荒野の三人の魔女たちに目を向けてみましょう。劇の最初の方で、バンクオやマクベス自身とともに、登場したのには理由があるのです。三人の魔女はその「万歳」という言葉で三つの予言をマクベスにしてみせます。それは、グラームスの領主、コーダーの領主、そしてスコットランドの国王というものでした。確かにマクベスはちょうど父親のシネルの死によって、グラームスの領主になったという知らせを受けたところでした。まもなくマクベスは、おなじ場面で、先代の領主が反乱の罪で死刑を宣告されたことからコーダーの領主に任命されたと知らされます。そのためにマクベスはスコットランドの国王になるという予言も現実のものになるのかもしれないと考え始めます。

それにしてもこの挨拶のどこに誘惑の要素があるのでしょうか？　魔女たちは殺人の方法をどこかで示唆したというのでしょうか？　魔女はただこれから起こると思われることを述べただけのように思われるのです。マクベス自身はその事実に気がついていました。「もし幸運とかいうものが俺を王にするつもりなら、自らは何もしなくてもその運はこの俺に王冠を与えてくれるのかもしれない」と思い起こします。もっともマクベスは運命ではなく、幸運のことを言っているのです。そうだとするならば、マクベスは何もしなくても待ちさえすればよいはずなのです。しかしマクベスは辛抱強く待って王冠が転がり込む幸運に任せることさえできないのです。いずれにせよ、魔女の予言からマクベスは殺人の暗示を読み取るのです。これは魔女の予言の意味することというよりはむしろ、マクベス自身がすでに考えていたこと、あるいはひょっとするとそれまでにマクベス夫人と話し合っていたことなのです。

このことは、疑うまでも無く、マクベスが次の場面でその晩インバーネスの城を訪れるのを予定していると知ったときにそれほど興奮した理由に違いないのです。今やマクベスには王位への思いがけない幸運が転がり込んできた（マクベス夫人の言葉を借りれば）「一番の近道を取」るのです。さらに、イアーゴの妬みは、キャシオーがオセロの旗持ちに昇格したことによって掻きたてられたように、王位継承者とされたダンカン王の長男であるカンバーランド公、マルコム王子へのマクベスの妬みは同時に掻きたてられたのかもしれません。そのため、マクベスは慌ててマクベス夫人に良い知らせをもたらしたのでしょう。それに続いて、結局その直後わかることなのですが、魔女たちの予言のことをすでにマクベス夫人に送っていたのでした。

こうして、私たちの前にこの物語のヒロインであるマクベス夫人が登場するのです。マクベス夫人は、はじめ一人で登場して、マクベスの手紙を読みながら、夫の考えを吟味するのです。そのなかでマクベスは単に魔女に出会ったこととその三つの予言について述べているだけで、何をどのように実行するのかについては何も語っていないにもかかわらず、夫人は夫が出したのと同じ現実的な結論を即座に引き出しているのです。疑うまでも無くそのことについて二人はすでに話し合っていたことは明らかなのです。ただ、その二人の相談の際には、夫よりもマクベス夫人の方が議論の方向を決めているのでしょう。というのは、夫には不必要に「すこし情け深いところ」があるためなのです。しかしマクベス夫人といえば、二人の野心を満たすためには、自分の「女らしさ」さえ犠牲にする覚悟ができているのです。

こうして、マクベスが再び登場するときまでに、マクベス夫人の恐ろしい本性がもうすでに観客に示されているのです。そのときマクベス夫人は夫に興味深い言葉でもって挨拶をします。マクベス夫人はここではっきりと「殺人」について言及する必要は無いと感じていて、ただそのことを「お見えになる方をいろいろとおもてなしを用意して差し上げなくては」という言い方でほのめかすだけで十分でした。それは聖書にあるように、神が息子のイサクを燔祭の生贄として捧げることを命じたときにアブラハムがイサクに生贄の羊は「神自らが用意してくださるであろう」と言ったことを思い出させます。マクベス夫人は即座に「今夜の大仕事」のために城の女主人として動き回り、その大仕事を自分ひとりに任せて欲しいとマクベスに伝えます。しかしマクベスは意外にも「もう少し話し合わないか」というのでした。

まもなくして、あたかもマクベスのすぐ後についてきたとでも言わんばかりにダンカン王自身が城に到着します。その目には、「その城自体が心地よいたたずまいを見せて」いて、あたかも神が人を住まわせ、「目に心地よいあらゆる木々を植えた」地上の楽園を思わせるものでした。ただし、ダンカン王の気がつかなかったことは、この楽園には「毒蛇」が隠れていることでした。観客には前もってマクベス夫人のマクベスへの「何も知らない花のようにお振る舞いなさいませ、でもその花の下には恐ろしい毒蛇を潜ませておくのです」という忠告でもって知らされていることなのですけれども。そうするとある意味では、このお芝居の主人公であるマクベス夫妻は、そんな「楽園」でのアダムとイヴの役を演じることを、ある意味、期待されているのかもしれません。しかしもう一つのより正確な見方をすれば、むしろこの二人は共に、アダムとしてのダンカン王にとって毒蛇の役を演じているのです。そして同様に、『ハムレット』の幽霊によると王宮の庭で寝ている間にクローディアスがハムレット王にとっての毒蛇の役を演じているのです。

そして、ダンカン王にとっての「旅立ち」の前の、夜の国王のための晩餐の場面になります。その場面は晩餐の場面というよりはむしろ、外の闇へと消える場面ということができます。それはあたかもヨハネが「それは夜のことだった」と、ユダの闇に消える場面を暗示しているように思われるのです。ですから、マクベスの「やってしまえばそれですむというならば、早くやってしまった方が良い」というセリフで始まる独白が、同様にキリストが別れ際、ユダに向かって言い放つ「汝のなさんとすることを今まさになすがよい」という言葉と重なり合っていると感じるのは当然なのでしょう。というのも、ユダもまた自分の主を裏切るのですから。

ただ、ハムレットと同様、マクベスはいまだにためらっているのです。マクベスはこの世での自分の行ないの結果を考えているだけでなく、その「行ない」を思いとどまらせる理由が頭から離れずにいるのです。それは、ダンカン王は、善人であり信仰心の篤い人物であり、自分の仕える「王」であり、いとこであり、自分の「客」でもあるのです。明らかにその「行ない」から生じる激しい嫌悪のなかで、マクベスがはっきりと感じるものは「生まれたての裸の赤ん坊に感じる憐憫の情」で「その恐ろしい所業をあらゆるひとびとの目のなかに吹き入れて、風は涙で浸されるであろう」という光景が心に浮かんでくるのです。そこでマクベスは、「その行ない」に反対する決意をしますが、結果マクベスを「意気地なし」とののしり、マクベスは無理やりその新たな決意を撤回させられただけのことでした。というよりはむしろ、マクベス夫人はいまや「そのこと」はもはや二人で決めたことであって、それは「私たち二人の〝大事〟」であって、さらに夫には「無防備なダンカン王に私たちが成し遂げられないことがあると言うのですか?」とまで言うのでした。しかしいまや、マクベスが答えるとき、その言葉には、自分の責任を一身に背負った力強さがありました。

よし、決心したぞ、そうとなったら全身の力を振り絞って、この恐ろしい仕事に取り掛かるとしよう。

さらにマクベスは夫人に自分が受けたのとまったく同じ「せいぜい愛想良く振舞え」とさえ忠告まですするのでした。

その結果、唐突なほどに第二幕になっていきなりクライマックスにいってしまいます。このことでも『マクベス』がシェイクスピアのお芝居のなかでも独特のものであることがわかるでしょう。それはまるで劇作家が、あたかも悪役のように、第一幕での誘惑の後、我慢できずに「そこ」に行かずにはいられなかったかのようにも思えるのです。この点では、イアーゴがオセロを唆す場面が第三幕におかれ、殺人の場面が第五幕になってやっと起こる『オセロ』とは対称的な構成になっています。

ここで、マクベスが暗い城の広間を通り抜け、ダンカン王の寝室へとつながる階段を登る場面になります。ここで一見したところマクベスが夫人からの協力の申し出を断ったあとでマクベスが一人になったことに気がつきます。しかしマクベス自身は自分が夫人にせかされたときに感じていた恐怖で満たされているのです。マクベスの目の前には、短剣の「不吉な幻」が浮かんできて、それがマクベスには、見えているかあるいは見えているような気がしているのです。マクベスは、その「魔法使いたちは青ざめたヘカテの女神に捧げ物をして」の独白のなかで、マクベス夫人のことというよりはむしろ魔女たちのことをより多く言っているのです。

とはいっても、殺人の場面は舞台では演じられないのです。その代わり、クライマックスではマクベス夫人だけが登場するのです。すでに夫人はダンカン王の寝室に行ってきたところで、突然目を覚ましたりしないように、従者たちの飲み物に眠り薬を入れてその結果二人とも深い眠りについているのです。そしてマクベス夫人は夫人自身が説明するようにダンカン王は「眠っている顔が父親そっくり」でさえなかったら自分でダンカン王を殺していたかも知れないのです。それにつけてもなんて奇妙な理由なのでしょう！　夫人が殺人を断念するのですが、でもそれはマクベス夫人が夫のマクベスの「優しすぎるところ」があることを嘆いたからでもなく、マクベス夫人がその夫の決意を受けて殺人を断念しようとした、という理由でもないのです。いずれにせよマクベス夫人の「父親」とは誰なのでしょう。奇妙なことに、このお芝居のなかでここでしかその言及が無いのです。同様にマクベスの父親についての言及も一ヵ所しかなく、「シネル」という名前が紹介されているだけなのです。

　さてマクベスが「やってやったぞ」というセリフとともに舞台上に登場してきます。こういった出来事とただならない緊張感との後で、マクベス夫人はマクベスを祝福して抱擁するのかと思ってしまいます。しかしもしそれがマクベス夫人の思っていたとしても、マクベスが即座に「何か物音を聞かなかったか？」と問いかけることでその注意をそらせてしまいます。二人とも大仕事が終わっても喜んではいないのは明らかでした。むしろお互いに言い争いになるのに時間は掛かりませんでした。あるいはむしろマクベスは自分がしてしまったことにうろたえているときに、夫人は夫に正気を取り戻させようとしているのです。おびえて自分の血まみれの手を見ながら、マクベスは「なんという恐ろしい惨めなありさまだ」とつぶやくと、夫人が「愚かしい思いが愚かしいものを見せるのです」と厳しく答えるのです。

　こうして、この忘れられない場面でマクベスの人格は崩壊し、自分がしてしまったことの自責の念に満たされ、もしマクベス一人にされたら、ユダのように、自殺していたかも知れませんし、文字どおり真っ赤な手のままでいたかもしれません。しかし、此処でまたマクベス夫人が気弱な夫をせきたてただけでなく、自分たちへの嫌疑を他の人間にかけられるようにする工作までして見せるのでした。それもマクベス夫人にとっては死人は死人でしかなく、「絵のように」眠っている人間と大差の無いものでしかないのです。それに二人の手についた血糊は「ほんのわずかの水」で洗い流してしまえばよいものでしかないのでした。マクベス夫人には良心のかけらも見られないのです。すると門のところからノックする音が聞こえ、それは彼女の夫にとっては神が良心の門を叩く音に聞こえるのですが、その夫人にとってはダンカン王殺しが発覚しないようにするための警告でしかないのです。

そのあとの続く場面では、門番が門を開け、マクダフを城内に招き入れるのですが、ここで恐怖の種類が変わります。それまでは、マクベスが血のついた手を見ている間の、その恐怖感だけが語られ、次にマクダフの語る言葉のなかの恐怖に移っていきます。マクダフは、観客にダンカン王が殺されたことを知らせることになります。此処でマクダフはオセロの心に罠を仕掛けるイアーゴのような働きをしますが、他人を騙すのではなく、正義の天使のように「国王暗殺」に対する憤りを見せるのです。

この場面で暗示された「最後の審判」への要素は、ちょうどそこに入ってきたマクベス夫人によって、はっきりしたものに変わることになるのです。マクダフは此処で単に危機を知らせる鐘を鳴らすように命じるのですが、その鐘がマクベス夫人の耳には、世界の終わりを知らせるトランペットのように聞こえるのでした。そこで、暗殺の知らせを聞くや否や、マクベス夫人は「恐怖」のあまり気を失ってしまって、その場から運び去られます。しかし、此処で一つの疑問が湧いてきます。夫人は本当に気を失ったのでしょうか、それとも単に気を失ったふりをしただけなのでしょうか。考えるまでも無く、今までに見てきた場面での夫人の行動を見てみると、疑い深い人なら、気絶してみせるくらいマクベス夫人なら簡単にできると思うことでしょう。しかしこれまでの劇全体を見てみたときに、夫人は本当に気絶したのであろうと思われるのです。それはあたかも女性特有の「思いやりの心」が、生まれついての意志の力と超自然の力によって、再び夫人のなかに流れ込んできたかのようにも思われるからです。マクベス夫人が夫のマクベスと二人だけのときには、強い言葉で夫を叱咤するのに、他の人たちの前では、夫人は無意識のうちに良心のかけらを見せているのです。

此処でまさしくマクベスとマクベス夫人が二人の野心を果たしただけでなく、最後の結末を暗示させる最初の兆しを見ることになるのです。このときからマクベスは、その妻に対してさえ、仮面でその本性を隠すようになり、どんどん悪人として深みにはまっていくことになります。それとは反対に、マクベス夫人は女性としての本性を取り戻していくにつれて、どんどんと自分の夫からは離れていき、マクベス自身はもはや夫人の支えを必要としなくなっていきます。実際、まさにこのマクベスが国王殺しを自分ひとりで実行すると決意したその瞬間に、この二人の間の溝がはっきりとしたものになるのでした。すこしとっぴな言い方になるかもしれませんが、この二人は国王殺しという犯罪の共謀者どころか、この最初の犯罪の直後から二人はまったく別々の存在として行動をとり始めるのでした。運び去られた瞬間、マクベス夫人は舞台から退場するのですが、再び第三幕で登場すると、もはやそれはマクベスの夫人ではなく、孤独な輝きのなかにいる王妃として登場するのです。

そのため第三幕以降は、マクベスの人間性とマクベス夫人との関係の崩壊だけでなく、お芝居の面白さそのものが次第に失われていくのです。このお芝居で印象的な、魔女たちによるマクベスの誘惑そして実際にマクベスがダンカン王を弑殺するという有名な場面は、最初の二幕に集中しています。

そしてこのあとに続くものは、一つはマクベスの人格の崩壊と一つにはマクベス夫人の心理に及ぼした影響についてたどっていくだけのことなのです。マクベスは国王を暗殺した後ろめたさから心が頑なになっていって、最後には救いがたい絶望のうちに死んでいき、マクベス夫人は自分の記憶と深い後悔に苛まれ引きこもっていって、ついには狂気のうちに自害して果てるのです。ここで私たちがマクベスに見るものとは、犯罪者にありがちな傾向、つまり次から次へと犯罪を繰り返してしまうということなのです。そしてマクベスは次々と犯罪を繰り返していくばかりでなく、次に続く二幕の間に、これまでに見た殺人とは重要な違いを見ることになるのです。バンクオの殺害で、その前のダンカン王の殺害と同じような場面に出会うことになります。少なくとも、晩餐の場面になるとバンクオの幽霊が現れ、再びマクベスが恐怖におののく場面を見ることになります。ただ、今度は、マクベスの恐怖の対象はもう自分自身や血のついた自分の手ではなく、バンクオの幽霊とその血まみれの姿なのです。自分の母親の寝室にいるハムレットのように幽霊を見ることができるのはマクベスだけなのです。ガートルードと同様マクベス夫人には何も見えないのです。すると再び、マクベスが恐怖で立ちすくんでいるとマクベス夫人は落ち着いていてあたかも氷のように冷静なのです。そこでマクベス夫人は必死でマクベスを正気に戻そうとします。それはちょうど以前のマクベス夫人の姿であり、ダンカン王殺害直後の落ち着いた姿でした。でもそんな姿を見るこれが最後なのです。これ以降マクベス夫人はその重要な役を終え、舞台から消えていくのです。

バンクオの幽霊は消え、諸侯たちはばらばらに立ち去っていき、最後にはマクベスとマクベス夫人だけが残されます。二人の会話のなかでマクダフがいないことがわかり、ここでマクベス夫人はマクダフのことを何も知らされていなかったことがわかります。マクベス夫人はマクベスに「マクダフに知らせたのですか、陛下？」マクベス夫人は自分の無知をさらけ出しただけでなく、しかもこれが、最初で唯一のことになるのですが、マクベスに向かって「陛下」と呼びかけることで相手の優位を認めることになるのです。しかしマクベスは再び、マクダフ暗殺を命じておきながら、マクベス夫人を「そのことを知らないまま」にするのです。

こうして、第四幕になるとマクベス夫人はもはや登場しなくなってしまいます。この特徴は、他のシェイクスピアの悲劇では、主人公が一時的に姿を見せなくなったときに、ヒロインたちが舞台の中心になっているという点でも他の悲劇のヒロインたちとは大きく違うところだといえるでしょう。第一に、マクベスがあたかもマクベス夫人を忘れてしまったかのように、魔女たちに相談しにいくところを見ることになります。というのも、このお芝居の冒頭で魔女たちに出会ったときには、自分の判断を下す前にマクベス夫人に相談したにもかかわらずです。その後で、マクベスによって送り込まれたその手下たちに実行されるマクダフ夫人とそのかわいそうな子供たちの痛ましい殺人の場面に出くわすことになるのです。そしてついには、イングランドに亡命していたダンカン王の王子、マルコムとマクダフ自身が、スコットランドへの進攻の企てを私たちは耳にすることになります。この第四幕全体では、マクダフが（おそらくはマクベスのことを）「奴には子供がいない」と述べる場面で、マクベス夫人への言及が一回あるだけなのです。

ではあるものの、第四幕ではマクベス夫人は登場しないけれども第五幕の重要な場面では、マクベス夫人が非常に効果的な登場の仕方をします。はじめに王妃の女官と医師との間の会話で、王妃となったマクベス夫人があろうことか夢遊病となったということを知らされます。二人の会話のなかで女官はその症状について語り、一方医師の方はその症状のなかに「ひどい心の乱れ」が原因になっていると読み取ります。というのもその症状というのは実際「殺人」という自然の法則に反する行為が女性の良心へ長期にわたる影響を及ぼした結果なのでしょう。そうこうするうちにまさに働かなくなった想像力でダンカン王の殺人の記憶を追体験している、文字どおり夢遊病になったマクベス夫人が登場してきます。ただ、マクベス夫人は自分が言ったことを想像力のなかで追体験しているだけでなく、自分の夫がしたことも同時に追体験しているのです。最初にマクベス夫人は発作的に自分の手を洗いながら、うなされているかのように「まだここに血のしみがある」そして「消えろ、おぞましいしみ」と繰り返しているのです。ただ、女性らしく、水のことだけでなく、「アラビアじゅうのすべての香水」のことを言い出すのです。それはマクベスが「偉大なる海神ネプチューンの支配するすべての大海原」と演劇上対称表現として対応しています。マクベス夫人のすべての精神錯乱の症状のなかで、バンクオについての言及は一ヵ所しかなく、「埋葬されて」いて、「墓からよみがえる」ことはできないというものしかないのですが、マクベス夫人はさらに想像のなかで、「門を叩く音」が耳からはなれず、「寝床へ、もうお休みなさい」と繰り返すのでした。

マクベス夫人の夢遊病とオフィーリアの狂気の間には、破滅という結末に向かうという点で、ある共通点があるのです。オフィーリアの狂気はさらにその溺死という結果につながり、またそのあとに続く葬式では自殺の嫌疑をかけられてしまいます。そのため、第五幕の最初のマクベス夫人の夢遊病は、マクベスへの心労が原因だったのと同様に、マクベスは、後から自殺だったと聞かされるのですが、マクベス夫人を失った喪失感から、力尽きて敵に包囲されることになるのです。第三場で、それまでマクベス夫人の診察をしていた医師が、マクベスのところにその知らせをもたらすのでした。マクベスはここでも、そのほかの箇所と同様、自分のことよりはむしろマクベス夫人のことを気遣っているのです。そして、マクベス夫人の夢遊病の心配から自分の城を防御することまで気が回らなくなっただけでなく、マクベス夫人が眠っている間に話すことはマクベスが秘密にしておきたかったことでもあるのです。いずれにせよ、夫人を診療した医者が女官に「お后には医師よりは神の助けの方が必要なのだ」と話したように、マクベスに対して、マクベス夫人の病気は医者が治せる種類のものではないことを告げるのでした。

そうして、私たちは第五場の避けがたいクライマックスへと導かれるのです。マクベスはその従者のシートンと一緒にいて、城の包囲の準備をしているときに、二人は女たちの叫び声を聞くのです。そしてシートンが戻ってきて、「陛下、お后様がお隠れになりました」と知らせをもたらすのでした。この短い、簡潔すぎてあいまいな言葉はマクベスの最後の独白へのきっかけとなります。その独白は、(一般に考えられているように)「明日と、明日と、明日と」で始まるものではなく、うんざりするような言葉で始まります。

いつかは死ななければならなかったのだ。
その言葉が必要になる時だったのだ。

ここでもまた解釈にあいまいなものがあるのです。ガートルードがハムレットに「すべての生きとし生ける物は死ななければならないの。そしてあの世で永遠の命を授かるのです」と言ったように、マクベスは遅かれ早かれマクベス夫人が死ななければならないと思っていたのでしょうか。マクベス自身は夫人がいなくなった悲しみを忘れようとしているかのようでした。それともマクベスとしてはマクベス夫人はもっと後で、もっと王妃としてふさわしい葬儀を行なえるときに息を引き取って欲しかったと思っていたのでしょうか？　それにマクベスは、夫人の死を悼むというよりはむしろ、そんな都合の悪いときに身まかったことに対して強い怒りを感じていたのでしょうか。このことは今さらいうまでもないことではありますが、夫婦とは結局のところお互いにどれほど食い違うものなのかということになるのです。

結果、マクベスはその最大の敵であるマクダフに殺されることによって、その最後を戦いの場で迎えることになります。しかし、マクベス夫人が死んだ今となっては、マクベスの最後の場面はただの付け足しに過ぎない結末という気分が否めなくなってしまいます。他方、忘れてはならないのが、マクベスとマクベス夫人をこの物語の中心として捉えるあまり、この二人の犠牲となって殺された人たちとこの二人のために荒廃してしまったスコットランド王国のことです。このこと自体は、シェイクスピア自身によっても決して忘れられていたわけではなく、しばしば疲弊するスコットランドへの言及が見られます。また、マクベスを次第に罪深い人間（同時に血にまみれた）へと変わっていく姿を描いていくのにあわせて、それと対立する存在として一連の善良な王たち、つまりマクベスの野心の犠牲者であるダンカン王、「神の恵みあふれる」イングランドのエドワード証聖王、「神の恵みによって」スコットランドを立て直したマルコルム王らを登場させて、このお芝居を献じたジェイムズ一世への気配りも忘れてはいないのです。

第五講　リアのコーデリア

『リア王』は、その始まりから何か不必要にせかされているような気がします。お芝居の最初の場面では、すべてが戸惑うばかりの速さで進んでいきます。老王が入ってくるとき、老王の宮廷で二人の貴族、ケント伯とグロスター伯が王国を二人の公爵、オールバニー公とコーンウォール公の間で分割するという提案についてちょうど話し合っているところでした。

というよりはむしろ、老王が娘の人数に従って、自分の王国を三つに分割するという計画を発表します。上の二人の娘はすでに二人の公爵と結婚していて、他方、同時にそこに来ている一番年下の娘は、バーガンディ公とフランス王の二人から結婚を申し込まれていました。リア王はもう心が決まっていたようでしたが、王は自分の娘たちに「お前たちのうちの誰が父をもっとも愛するか、聞かせよ」と問いかけることで、その愛の深さに応じて分割するというものでした。

したがって、最初にゴネリルがそれからリーガンが事細かに入念なほめ言葉を並べて見せますが、それはまるで『ヴェニスの商人』の金と銀の小箱を思い出させるようなものでした。そして当然年老いた王はそれに十分満足するのでした。しかし一番下の娘のコーデリアは困ってしまいます。「コーデリアはどうしよう」と迷わずにはいられないのでした。「愛して、そして黙っていよう」それからまた、「私の愛は私の言葉以上のもの」と。しかしコーデリアが話をしなければならない順番が回ってくると、その言葉は鉛より重く、なかなか出てこようとはしないのでした。コーデリアがやっと答えられたのは、「何もありません、陛下」でした。そこで、自分の父親であるリア王からもっと詳しく語るようにせかされると、コーデリアは、その心とは裏腹のそっけない答えをしてしまいます――「自分の義務として愛の実行をいたします」。コーデリアが言いたかったことは、血類としてのつながり、それにしたがって娘たちは当然のこととしてその父親を愛するというくらいのつもりでした。しかしリア王としては、その言葉をシャイロックのように法的なつながりとしか考えなかったのです。当然それはリア王には不十分な、物足りないものでした。リア王が求めるものはすべてであり、もしコーデリアが「何も」といえば、そこで、リアは「無からは何も生まれないぞ」とその結果、リアは怒りのあまりコーデリアを追放してしまいます。コーデリアは単に真実を主張するのですが、リアはその真実などには用がないのです。「汝の言うその真実を持参金にするが良かろう」という言葉をリアはコーデリアに投げつけるのでした。そしてリアはケント伯にコーデリアの弁護を許さず、その遠慮なく物を言う忠誠心ゆえに、ケント伯も追放してしまいます。

さて、コーデリアへの求婚者たちが登場して、コーデリアの「もはや裸同然、それだけのもの」という新しい結婚の条件が提示され、その上でコーデリアを選ぶかどうかが問われます。バーガンディ公は、持参金なしではと言って結婚を断りますが、フランス王はコーデリアそのものをそのまま受け入れることにします。「愛も愛ではない、愛情に本質からはなれたものが条件に混ざってしまうと」とフランス王は言い切るのでした。フランス王はその「受難」の真只中のイエスのように、自分の目の前に立つコーデリアのそのままを受け入れました。

この世でもっともうつくしいコーデリア、貧しくてもっとも富み、
捨てられてもっとも好ましく、蔑まれてもっとも愛されるひと

そしてフランス王はコーデリアをフランスの后として受け入れるのでした。

こうしてこの短い場面で、政治的にも個人としてもリア王に壊滅的な変化が起こることになります。もっともそれによって引き起こされるその変化は、お芝居が進むにつれて次第に明らかになっていくことになります。まず政治上の問題としては、国王として名前を残したまま、自分の王国を二人の公爵に分け与えてしまって、個人としては、リアは自分の唯一の善良な娘を、ただお世辞を言うことができないというだけの理由で追放してしまいました。リアはまもなくその言葉とは裏腹な態度をとることになる二人の上の娘たちに自らをゆだねることになります。すでに最初の場面の終わりのほうで、この娘たち二人だけの場面で、二人はその年老いた父親を散々にこきおろしはじめるのでした。「ぼけたのよ、でもいままでだってご自分では少しも気がついていないわ」とリーガンなどは言う始末。そんな娘たちに身柄を預け、その結果まもなくそのことで悩まされることになります。

さてコーデリアは、追放され、老王の知恵と恩寵も共に持ち去ってしまうのでした。それでも間接的にコーデリアの影響が、リア王を守る三人の登場人物たちに影響を与えていることが感じられるのです。最初に、エドガーというコーデリアと同じ種類の人物が登場します。エドガーは、グロスター

伯の長男で、リアの「名付け子」とされ、自分の父親に誤解から勘当されてしまいます。父親によって追放されたにもかかわらず、エドガーは狂人のふりをして国にとどまることにします。二人目は、変装して国内にとどまっている誠実なケント伯で、追放されてもなおリアに仕えようと強く望んでいるのです。そしてエドガーとは違ってケントはコーデリアと何らかの方法で連絡を取り合っているのです。のちにケントがコーンウォール公から、歯に衣着せぬ物言いから処罰されたときケントはコーデリアからの手紙を取り出し、月明かりの下でそれを丹念に読み通すのでした。なかでも、シェイクスピアの道化のなかで、もっともその存在に深みをもった、そしてもっともコーデリアに近い存在といえる、リアの道化がいるのです。この道化は、コーデリアが追放された後の第一幕第四場になってやっと登場するのですが、ある意味でコーデリアの裏返しの存在と考えることができるのです。そのためよく同じ女優がコーデリアと道化の二役を演じることがあります。そこで、リアが「わしの道化はどこに行った？　ここ二日ばかり見ていないぞ」というと、リアの騎士の一人が、「陛下の末の姫君がフランスにお立ちになりましてから、道化のやつめ大分沈み込んでおります」と答えるのでした。

事実、コーデリアがリアの知恵と恩寵を表現するとしたら、一人だけ残された道化はリアの愚かさを体現しているのです。道化はその登場とほぼ同時に話し始めます。そしてリアは道化に「わしを阿呆と呼ぶか、小僧？」とたずねますと、道化は「だってあんたはもっていた肩書きをみんなくれてやっちまったじゃないか。後に残ったのはもって生まれたそれだけだ」。リアが自分の王国を明け渡してしまったことに触れて、道化はさらに「おいらは今のあんたよりまだましな方さ。おいらは阿呆だが、あんたにはそれも無きゃあ、何も無いときたもんだ」。ちょうどこの瞬間にゴネリルが入ってきて自分の父親をそのお連れの騎士たちの乱暴狼藉のために強く非難し始めるのでした。リアはその冷たい態度に驚き、叫ぶのでした——

ここにいるもので誰かわしを知っておるものはおるか？
こりゃリアではないぞ……知っているものがいたら教えてくれ。

もしあれがゴネリルなら、とリアは考えました、自分はリアではありえない。リアはあたかも自分が誰かわからなくなってしまったかのように何がなんだかわからなくなりました——実際リアが自分の王国を明け渡し、自分の善良な娘を追い出してしまったのと同じように。それで道化はリアが必要とする答えをリアに教えてやることになります——「リアの影法師でさ！」此処には二重の意味が込められていて、この道化、つまりリアの陰の存在である道化が、リア自身に、もはやリアは「リア王の影法師」でしかなくなっていると教えているのです。

とはいえ、まさにこの自分をわかっていないただの愚かな存在だった瞬間からリアは、この苦悩のなかから自分自身について学びそして、ゆっくりと、成長をはじめるのです。最初に、ゴネリルへの怒りから、コーデリアの過ちがいかに小さなものだったか気がつき始めるのでした。また、道化が発狂しそうになるリアを引き戻すためにしゃべり続け、そのおかげでリアは「あれには悪いことをした」というところで踏みとどまります。他方、リアは怒りに身を任せるだけでなく、ゴネリルを自分の血肉を分けた肉親であり娘だと気がついたりもしますが、そのゴネリルはもはやリアに心にも無いおべんちゃらを言うようなゴネリルではありませんでした。最後にリアは自分の二人の娘たちに対する怒りとは裏腹に、神々の前で自分自身を「惨めな年寄り、いたずらに重ねた年と同様悲しみにも満ちて」さらに「哀れにもその二つに押しつぶされ」そうになっていると表現します。こうして、こみ上げる怒りと自己憐憫のうちに、リアは嵐のなかへよろめきながら出て行くのでした。

さて、「荒れ狂う暴風雨」のなかでリアは、雨や風に向かって自分はお前たちの奴隷だと言い、「惨めで、か弱く、衰えきって、蔑まれた老人」だと断言するのでした。その言葉には、「惨めで、……見捨てられ、……蔑まれた」と表現される、フランスにいったコーデリアのことを思い起こさせます。事実、ケントが一人の紳士に渡した手紙の場面から、私たちはフランスからの軍勢が「この引き裂かれた国」へ向かってやってくること、そしてコーデリア自身がドーバーへ上陸したことを知らされることになります。リアに関して言えば、嵐のヒースの丘で、リアは一人ではなく道化と一緒にいました。一緒にいる二人は、道化が恐ろしさのあまり自分のご主人にしがみついていて、一人の人間のように見えるのでした。もし二人が二人に分けられるとしたら、それはリアの精神が今まさに分裂の危機を迎えていたからでした。

まもなくそこにケントが加わります。ケントは此処でコーデリアの大義を伝え、他の二人に近くのあばら家へ避難することを勧めます。ケントのリアへの奉仕の結果、リアに自分をより深く理解させることとなるのです。というのは、三人が掘っ立て小屋についてみるとケントは二人に中に入るように勧め、自分は外で神に祈ることにします。まさにその祈りが、リアの霊的な成長の分岐点になるのでした。

着るものも無い哀れな貧乏人たちよ、
いまどこにいるというのか、こんなひどい嵐に吹きまくられて……

小屋の中で、その祈りに答えるように、リアは気のふれたこじきのふりをしたエドガーに出会い、そのなかに罪深い人間の本当のすがたを見て取ります。「人とはこれまでのものなのか？」リアは驚いて尋ねるのでした。「お前の方が本物だ。着ているものをとってしまえば、人はみんなお前のように哀れで丸裸の二本足の動物にすぎないのだ」エドガーのなかに堕落した人間の惨めな姿を見ただけでなく、「惨めな年寄り」としての自分の姿と同時に、コーデリアの「惨めで、……見捨てられ、……蔑まれた」姿をも見たのです。またそれは、「蔑まれ、冷たくされて捨てられた」まさに苦しみのなかにあるメシアの姿そのものでした。このことから、エドガーの見せ掛けの狂気にもかかわらず、リアはエドガーを「気高き哲学者」としてあがめ、エドガーから人生の英知をその言葉からというよりはむしろその振る舞いと苦しみから学び、エドガーのなかに、無へと還元された「人間」を見ているのです。でもそれは、シェイクスピアの『アテネのタイモン』のなかで述べられるように、すべてを失えばなんでも自分のものになるというわけなのです。

さて此処で、リア、エドガーそして道化という三人の狂人による、リアの二人の娘に対する擬似裁判が行なわれるという奇妙な場面に出くわします。ついに道化がその愚行において勝る行動に出ます。この道化だけが抜け目無く気を配っているように思えるのですが、リアが娘のゴネリルだと思い込んでいる椅子に向かって「これは失礼、うっかり椅子かと思った」。この場面は、三人がその愚かな振る舞いに飽きて、眠りにつくときに道化の「それじゃあおいらは昼になったら寝るとしよう」という最後のセリフで終わります。この後、この道化はセリフも無く、舞台に登場もしていないのです。そこでリアは今度はケントとグロスターに付き添われて、コーデリアと和解し再び会うためにリアをドーバーまで連れて行くことになっている外の馬車まで、連れて行きます。

それゆえ、第四幕はコーデリアが再び登場することになり、それによってリアの自己の認識の過程が完了することになるのです。この過程でリアは「すべての人類の悲惨さ」にまでたどり着き、それをリアにとっては、「教養あふれたテーベ人」だったり「よきアテネ人」である古代ギリシャの哲学者、つまり狂人のふりをするエドガーのなかに見出すのです。しかし、リアにとって再び正気の人間に戻る必要があり、また、正気に戻るためには、謙虚にコーデリアの赦しを請う必要があるのでした。

シェイクスピアの芝居で必ずといっていいほど使われる手法なのですが、コーデリアが舞台に登場するよりも前に、コーデリアが戻ってきたということが観客に知らされます。コーデリアはある紳士によってコーデリアがリア王についての知らせを受けたとケントに報告される形でまず登場します。ところが、リアは安全にドーバーにたどり着いていたにもかかわらず、コーデリアと再会する準備がまだできていませんでした。リアはまだその「燃えるような恥ずかしさ」にこだわっていました。その結果、リアの方でコーデリアのところに出向いて行かない場合、コーデリアの方から「放蕩息子の父親のように」会いに行かなければなりませんでした。

次の場面で、コーデリア自身がドーバーでフランス軍を指揮しながら、父親のリアの心配をしています。「いとしいお父様」、「私がおそばについていて差し上げなければ」という声を上げるのです。その言葉には、聖堂の聖母マリアに対するイエスの「父のみ業を行なっているのがわからないのですか?」という言葉に明らかに影響を受けているのです。コーデリアの主張するところでは、その目的は政治的なものではなく個人的なものであって、ブリテンへの侵略が目的ではなく、コーデリアの大切な父親の体を気遣ったためとその権利を守るために軍を進めているのです。その証拠にコーデリアはリアを探すために自分の兵隊を送っています。

第六場の最後になって、リアとグロスターという二人の老人たちが、お互いに認識しあった上で再会をとげた直後にコーデリアの兵士たちがリアのところにたどり着きます。そのとき一人の紳士がコーデリアについての心に残る「二人の娘さんが誰もが人間性を呪わずにはいられない気持ちにさせたが、一人の娘さんが人間性を呪いからあがないだしてくださった」というセリフを述べるのです。この文脈ではそれほど必要とはされていませんし、舞台の上では不自然でさえあるのですが、このセリフはある重要な「あいまいさ」を備えているのです。この文脈では、コーデリアこそがリアをその上の二人の娘たちによってリアにかけられた呪いからリアの人間性を救い出したのですが、そのセリフには、言外に、ほぼすべての言葉に神学的な意味合いが込められているのです。というのも、これらの言葉、一人、救済、人間性、普遍的呪い、二人という一連の言葉をとおして、コーデリアは明らかに神の「ひとり子」、そしてまた、「神と人との間の仲介者もただ一人」という意味としてのキリスト、さらにアダムとイヴを通してこの世界に持ち込まれた「罪」(原罪)や、「律法という呪いから私たちをあがないだしてくださった」救世主、イエス・キリストと結び付けられているのです。

これらすべてのことが父と娘の再会という場面において私たちを最高潮に向かわせるのです。その場面というのは明らかに世界じゅうの演劇のなかでもっとも感動的な場面の一つなのです。リアが目覚めたとき、リアは自分があたかも「あの世」にいるように感じ、そこではコーデリアは「天国の霊」ですが、リア自身は「火の車に縛り付けられて」いると思っているのです。次第にリアは自分を取り戻し、「わしは今までどこにいたのだ？　今どこにいるのだ？」とたずねます。最初、リアは自分が嵐のなかで自分自身について使ったのと同じ言葉で自分を認識しているのです。

わしはたいへん愚かな、老いぼれ爺じゃ、もう八十歳の坂を越えた、一時間もそれより多くも少なくもない。
それに正直にはっきり言うと
わしは正気ではないらしい。

しかしリアがそういった恐れを抱くまさにその事実は、その心配はすでに過去のものであって、リアの精神はもう正気に戻ったということなのです。とりわけ、リアは、この感動的な場面でもっとも感動的な瞬間に、いまや続けてコーデリアのことが誰かわかるのです。

わしのことを笑わないで下され、
そう言うのも、わしは確かに、このご婦人はわが娘のコーデリアだと思うのだが。

そしてこの認識に対して、コーデリアは結果的に神がモーゼに名のったときのその名前をおもいおこさせる返事をするのです。（注：名前を尋ねたモーゼに対して神は、"I am that I am."と答えている。出エジプト記：第三章十四節）

私です、私です。

今またリアがコーデリアに自分のことを許してくれるように頼むとき、リアはその自己認識から良心の呵責の段階へと進んでいるのです。リアはコーデリアに向かって「何もかも許してもらわなければならんぞ。何もかも忘れて、許してくれ。わしは年をとって馬鹿になってしもうたんじゃから」。それはあたかもリア自身が自分をイエス・キリストのいまわの際の言葉「父よ、あのものたちを許したまえ。彼らは自分たちの成したことを知らざればなり」になぞらえているかのようです。

ここで、「苦しみ」、自己認識、そして良心の呵責を経験した上での、「罪」から「救済」への完全な移り変わりを見ることになるのです。そしてまた此処で聖書に登場するヨブや「放蕩息子」と同様、中世演劇の道徳劇『エヴリマン』のハッピー・エンドになるわけですが、不幸にして、リアとコーデリアの場合はお芝居の終わりとはなりませんでした。第五幕で見られるものは、喜びの涙から悲しみの涙へと、突然のクライマックスから思いがけない結末へと急展開を見せるのです。そういう急展開というものは、リアとコーデリアの側に勝利をもたらす、シェイクスピアが使った原本として使ったものに由来するものではなく、むしろシェイクスピアは聖書からの、しかも「ヨブ記」や「放蕩息子」ばかりではなく「苦しみの救世主」の要素を取り入れているのです。

リアとコーデリアは、ブリテン軍の指揮官のエドマンドにつかまって、牢につながれてしまいます。コーデリアは戦いに負けてがっくりしてしまいますが、リアの方は逆に大喜びで浮かれているのです。此処で、リアはハムレットとの興味深い対比を見せることになります。それは、ハムレットにとってハムレットが自由の身であってもその世界は牢獄だと感じているにもかかわらず、リアにとっては、牢獄はコーデリアといつも一緒にいられる天国なのです。「さあ、牢へ行こうではないか。わしら二人だけでかごの鳥のように歌を歌おうではないか」とリアはコーデリアに声高に呼びかけます。リアがコーデリアと一緒にいられる間は、リアがこの世で追い求めた幸せだけに浸っていられるのです。

二人が連れ去られると、エドマンドは自分の部下に二人を絞首刑にするように密かに指示を出すのでした。場面は変わって、エドガーとエドマンドの決闘の場面になり、そこではエドマンドは致命傷を負わされてしまいます。そしてそこにケントが入ってきて、リアの居場所を尋ねます。そのときオールバニー公の「大変なことを忘れていた」という言葉が観客すべての心に響きます。エドマンドもまた、部下に下した命令のことを告白し、急ぐようにと知らせ、エドガーが急ぐのですが、ときすでに遅く、エドガーと入れ替わりにリアがその腕に息を引き取ったコーデリアを抱いて入ってきて、悲憤に満ちた「泣くがいい！　泣くがいい！　泣くがいい！　泣くがいい！」という怒号を上げるのでした。ケントとエドガーの目と耳には、このリアの予期せぬ光景が世界の終わりの恐れ、それは少なくとも十字架上のキリストの姿を思い出させるものなのです。「これが約束された結末だったのか？」とケントが嘆くと、「あるいはその恐怖そっくりのものなのか？」とエドガーが応じるのでした。

最後の場面で、それはまるで（マクベスの言葉の）「暴風もおさまるほどの大量の涙」のような舞台上のセリフや演技ではなく、それよりは悲しみにくれる父親とその殺された娘という、リアとコーデリア二人のごく質素な場面なのです。まさにこの場面で、オールバニー公が「ああ！　あれを見ろ、あれを見ろ！」という声を上げ、私たちの注意をひきつけるのでした。その言葉のなかで、その「哀歌」のなかでエレミアが訴える「（主がその激しい怒りの日にわたしを悩まして、）わたしに下された苦しみのような苦しみが、また世にあるだろうか、尋ねてみよ」に見られるものがあるのです。でもその言葉は、旧約聖書のエレミアにだけつながるわけでなく、預言者のこれらの言葉が当てはめられる苦しみの救世主にもつながり、またとりわけ、十字架からおろされた自分の息子の死体を受け取るときのキリストの母の嘆きにもつながるものなのです。言い換えれば、劇作家が観客に『リア王』の終末で演劇の形の「ピエタ」を提示しているのです。そこでは、母親と父親が入れ替わり、息子が娘に入れ替わっているのです。

此処までてきて、なぜシェイクスピアは『リア王』の終わりにこのような残酷な場面をもってきたかがわかるでしょう。それこそまさにシェイクスピアが福音書やよく見られるピエタの絵で表される十字架上のキリストの死と関係するキリスト教の伝統のなかに見出すことのできるものなのです。ただ、福音書の物語ではキリストの受難とその死からキリストの復活に至るまでの物語ですが、このお芝居ではシェイクスピアはその主人公たちの死から先のことには言及していないのです。それはなぜでしょうか？

この疑問には二つの答えが考えられるでしょう。このお芝居でまさにその終わりに至って天上的な至福の瞬間があって、それについては多くの学者たち（たとえば、A・C・ブラッドレーのような）が言及しているのです。それは突然リアが叫びだす場面で、「これを見たか？　この娘を見ろ、見ろ！　この子のくちびるを！　ここを見ろ！　ここを見ろ！」その瞬間リアは息を引き取ります。リアは（わたしたちが想像するように）悲しみから死ぬのではなく、その悲しみを上回るような思いがけない喜びのために死んでいくのです。リアとコーデリアは『尺には尺を』の公爵が指摘しているように「無慈悲なこの世の拷問台」から遠く解き放たれて、「死を恐れることのない世界」へと旅立っていったのです。

さらに、『リア王』で強調される道徳的な側面は、リアとコーデリアの「死」という肉体的な終わりではなくむしろ、第四幕での二人の幸福に満ち溢れた再会と和解という形而上学的な終わりなのです。実際これをシェイクスピアが意図したということは、『リア王』の後に続く『ペリクリーズ』以降の一連の作品を見てみれば明らかなことでしょう。これ以降のお芝居がさまざまにそして次から次へと扱っている主題というのが、物語の主要な登場人物である二人の男女が幸せに満ちた再会を果たすというもので、その主人公たちは例外なく父と娘であり、神の摂理が介在することによって起こる、死者の復活という奇跡が描かれているのです。こうして次から次へとそのお芝居のなかで、シェイクスピアは、あの誠実なケント伯に語らせた、『リア王』以降のすべてのお芝居を象徴するような文句になっている「わざわいを経ることなしには奇跡を見ることはない」という言葉を思い浮かべているように思えるのです。そして、確かにヒロインの役割——ここではコーデリア——は、自己犠牲によってわざわいから奇跡をもたらすことになるのです。

第二部　シェイクスピア教養講座

講師：橋本修一

この講義では、第一部の訳者解説を念頭に、シェイクスピアを語るとき、コレだけは押さえておきたい教養としての知識を学んでみましょう。

◉教養のスタンダードとしてのシェイクスピア

シェイクスピアって知ってますか？　この本を手に取ってくださる方なら、「シェイクスピアの名前くらい知ってるよ」と言われるかもしれません。二〇一六年には没後四〇〇年を迎えたWilliam Shakespeareという人物は、日本ではどれくらい知られているでしょうか。シェイクスピアを何十年間も研究しているような人もいれば、名前を聞いたこともないという人もいると思います。この本はどちらかというと、第一部の補足あるいは蛇足に近いものと考えてもらってよいと思います。そのため、アカデミックな物を期待していた人たちには満足してもらえないかもしれません。どちらかといえば、「シェイクスピアって、英文学の巨匠みたいな人で、とっても難しいんでしょ？」と思っている人たちのために、肩の力を抜いて、気楽に読んでもらえたらと思って、特にこの本の第一部で扱った『ロミオとジュリエット』や四大悲劇と呼ばれる作品群をより身近に感じてもらうために書いてみました。

シェイクピアとその作品については、毎年世界じゅうで、本や論文が出版されていて、それらを集めたら毎年新しい図書館が建つと言われるほど、いろいろな形であつかわれています。もはや、どんな本を出しても、屋上屋を重ねる一冊になるかなとも思っています。それでも、下手の横好きで読み続けてきたシェイクスピアを自分なりに紹介ができればと思っています。

また、少し大げさな言い方になるかもしれませんが、教養教育の重要さが再び話題にされるようになってきました。ですが、手っ取り早く世界の教養ある人たちとつきあっていくために必要な教養とはどんなものなのでしょうか、「教養」とか英語で「リベラル・アーツ」とかいう言葉は聞いたことがあるし、重要だとか必要だとよく言われるけれども、どんな勉強をすればよいのか、そういう種類の言葉は知っていても、忙しい毎日の合間を縫って、絶望的なほど膨大な量の中国や日本の古典を読んでいる暇はないし、英語でビジネスをしなければならない日本人にとって、どういう教養を身につければアメリカやヨーロッパで認めてもらえるのかとか、頭の痛くなる問題だろうと思います。たまには、「孔子曰く(Cofucious says ...)」などと相手を煙に巻いてみるのもありかもしれませんが、同じ土俵に立って勝負をしようと思えば、孔子様や孟子様にばかり頼っているわけにいかないかもしれませんし、ひょっとすると相手の方が詳しかったりするかもしれません。

日本人としては、日本文化の根底にあるのは、中国や日本の古典なのですから、日本人として、中国や日本の古典で十分だといってしまえばそれまでですが、そのうえで、たとえば特に英語圏で、英語でのビジネスのためにあるいは、少しでも教養のあるところを見せたいときに役に立ってくれるのが、イギリスの詩人であり、劇作家であるウィリアム・シェイクスピアだということができると思います。

◉シェイクスピアの人気

イギリスには、シェイクスピアよりも古い作品も多くあり、同じくらい有名だったり人気のある作品もありますが、人気と同時に広く受け入れられて、日常いたるところで耳にするという意味では、シェイクスピアほど世の中の人に親しまれているものはないと思います。その証拠に、作家の開高健という人が、たとえば厚さ二〇センチ位の英語のコンコーダンスで取り上げられている表現のうち、半分くらいが聖書からの表現で残りの半分くらいがシェイクスピアからのもので、あとの残りをその他の詩人や作家そして哲学者のものが埋めていると言っています。ざっと控えめに言っても英語の有名な表現の七〇％〜八〇％が聖書とシェイクスピアからのもので、残りの部分をその他大勢のイギリスやアメリカの作家たちが埋めているということになります。イギリスの劇作家のジョージ・バーナード・ショーは、「我々は、シェイクスピアという巨人の足元でうろちょろしている小人にすぎない」とシェイクスピアの『ジュリアス・シーザー』というお芝居のセリフを借用して語ったことがあります。まさに至言でしょう。ですから、大学の先生のような人たちだけでなく気の利いた言い方をしたい人たちのスピーチにも、必ずと言ってよいほどシェイクスピアの言葉がさりげなく使われていたりするのです。それは「シェイクスピア曰く、……」といった知識をひけらかすような言い方ではなく、さりげなく会話のなかに取り込むことで「こいつなかなか分かっておるな」と相手に分かってもらえる(?)高度な知的レベルを要求されるものなのです。そこまで大げさでなくとも、ときには普段の会話のなかで、「今のシェイクスピアでしょ?」という会話を時々耳にすることもあります。

古い例で恐縮ですが、一九八〇年代のイギリスの首相だったマーガレット・サッチャーのシェイクスピアにまつわるエピソードがあります。それによると、フォークランド紛争のときにサッチャー首相がロンドンの保守党夫人大会で、シェイクスピアの『ジョン王』の最後のセリフ「……なにものも我々を屈服させることはできない。イングランドが己れ自身である限りは。」と締めくくって、イギリス人の愛国心に訴えようとしたところ、翌日の議会で、スコットランド出身の議員から首相の「『イングランドが己れ自身である限りは』というセリフは、スコットランドを含めたイングランド以外のイギリス国民に対して非礼であり、そのことを償ってほしい」と攻撃されました。そのときに、サッチャー首相は、「シェイクスピアの引用が非礼だったのなら謝罪します。私はすこし考えてみましたが、（イギリスの首相にはなれても）やはりシェイクスピアの編集者にはなれないと思います」と答えてその攻撃をかわしたということです。政治家にはユーモアのセンスが必要だというエピソードの一つですが、こんな大ごとになることはまずないですけれども、イギリスの議会ばかりでなく、ハイブラウな気の利いたスピーチや、ちょっとした会話のなかにもシェイクスピアが思いがけず登場したりするのです。

さらに余談になりますけれども、英語で「チンプンカンプンだ！」と言いたいときには、"It's Greek to me!"（Julius Caesar）と言えば良いですし、英語で"The world is my oyster."（Merry Wives of Windsor）と言われたときに、これを「世界は私の牡蠣だ」などと考えてしまうと大間違いで、これは、「すべては自分の思いのままだ」（つまり「（目の前に置かれた牡蠣みたいに）俺の剣でこじ開けてやる」というセリフがこの後に続きます）くらいに訳すようです。ついでにこの表現に由来するmaraplopism（言葉の滑稽な誤用）というのがありますが、その例でこの「oyster」を言い間違えた、"The world is my lobster."という言い方もあるようです。

◉シェイクスピアは人生のサプリメント

英文学の大立物、ウィリアム・シェイクスピアといえども、十六世紀のエリザベス朝で人気の劇作家であって、その時代の流行や空気感、時代精神（Zeit Geist）をくみ取って一連の作品を書いていったわけです。そのなかで時代を超越した人間や社会の在り方、あるいは人間や社会のありのままの姿を巧みに切り取って見せ、まさにそのことによって作品は読み継がれ、演じ続けられているのです。シェイクスピアに慣れ親しみ、理解していくことで、テクニックではなく「人間」というものを理解することから来る「人間力」が身についてくるということだと思います。それによって自分の置かれた立場あるいは、会社の部署のなかでの「立ち位置」のようなものも見えてくるのだと思います。ただし、どのように読むか、あるいはどう読み解くかは、すべて読者や観客に任されているのです。

つまり、シェイクスピアは「人生いかに生きるべきか」といったようないわゆる「ハウ・ツー」のようなものは教えてはくれません。ただ、人間と人生についての深い洞察に裏打ちされた言葉があるだけなのです。大げさかもしれませんが、シェイクスピアは、人生の問題に何も答えを出してはくれず、ただ、「こんなものだよ」と見せてくれるだけなのです。

ただ言ってみれば、シェイクスピアのセリフに思い当たることがあると感じることができるならば、そこに意味がでてくるのでしょう。女性にひどい目にあわされたと思って、絶望を味わっているようなときにハムレットの「弱きものよ、汝の名は女なり(Frailty thy name is woman)」といった言葉に共感を覚えることもあるでしょう。また人生に絶望してどん底だというようなときに『リア王』のエドガーのセリフ「どん底だと言えるうちはまだ大丈夫だ。まだ落ちていく先がある(The worst is not, so long as we can say 'This is the worst,)」という言葉になにか慰められたりするかもしれません。でも、シェイクスピアこそが人生の問題のための「特効薬」というわけにはなかなかいかないようです。鎮痛剤を飲むような即効性は期待できませんが、漢方薬やサプリメントみたいなものを長い間飲み続けることで目には見えない何らかの効果が出てくるといった感じです。正直に申し上げると、人生への即効性がないのは、シェイクスピアが悪いのではなく、読者の側のいわゆる「人間力」あるいは、人生経験のようなものに問題があるということなのでしょう。自分について考えてみても、正直なところ「これ」といった変化は確かにないようですが。

シェイクスピアとしては、「人が生きていくというのはこういうことだよ」と、あるときはユーモアをもって、ときには「絶望するというのはこういうことだ」と言わんばかりの調子で、見せてくれているだけなのです。シェイクスピアとしては、観客は何が好きなのか、何を好むかということに敏感でした。そこからシェイクスピアがつむぎだした言葉のなかから何を見つけ、何を掴み取るかは私たちに任されているということなのです。同時にそれぞれに「正解」があるので、これだけが「正解」で、その他は間違っているということはないと考えています。よく言われることですが、十五歳にしかできない読み方もあれば、三〇代、四〇代にならないとできない読み方、あるいは六〇代や七〇代になってやっと見えてくることもあるのかもしれません。シェイクスピアのどのセリフが心に響いてくるか、どの場面に感動を覚えるかあるいは共感するかはすべて観客や読者に任されています。イギリスの古典として世界じゅうから愛されている理由を自分なりに感じ取り、理解してもらえればと思っています。

◉シェイクスピアを取り巻く「謎」

シェイクスピアのお芝居はそれほど取っつきにくいわけではありません。シェイクスピアというとイギリスの古典で、英文学の巨匠で、おまけに台本仕立てで、登場人物の心理描写もなく読みにくいとお考えの方が多いと思いますが、シェイクスピアとしては観客に楽しんでもらうのを一番に考えていて、そのお芝居は必ずしも教養主義的で難しくはないと思っています。大学時代に、「シェイクスピア研究会」（略して「シェー研」）に所属していた先輩が「（シェイクスピアのお芝居を観ていて）笑えなければシェイクスピアではない」と断言していたのをよく覚えています。ただし、どこで笑うかは本人次第でもあるのです。

実は、シェイクスピアは世界じゅうにその名前が知られていますが、シェイクスピア作品だと確認されている詩や劇作品があるだけで、現在確認されているものと、ただ名前だけが残っているだけとされるお芝居を含めると、三十九本の劇作品を残していることがわかっています。

英文学では同じくらい有名なピューリタン詩人のジョン・ミルトンのように、これでもかといわんばかりに生活上の細かな記録が残っている人と比べると、シェイクスピア自身については記録がほとんど何も残っていない、わかっていないというのが常識になっています。これだけ有名な人なのにおかしな話だと思われるかもしれませんが、シェイクスピアの死後四〇〇年にわたって、シェイクスピア自身だって迷惑だろうと思うほど根掘り葉掘り、墓まで暴きかねないほどの勢いで、研究者たちが調べてみても、確認可能な事実のみに限った場合十数ページの簡単なパンフレットくらいしか書けないというのが本当のところのようです。

【コラム❶】『欽定訳聖書』を訳したのはシェイクスピアだった？

話は違いますが、ちょうどシェイクスピアが引退した四十七歳のころに『欽定訳聖書』が登場します。この聖書の英語もシェイクスピアに勝るとも劣らないといわれている立派な素晴らしい英語で書かれているものなので、この聖書を英語訳したのがシェイクスピアだという説もあるのです。その根拠の一つがなかなか面白くて、それは、『欽定訳聖書』の翻訳を任された学者の数は四十七人だったことに加えて、旧約聖書『詩編』第四十七篇の最初から四十七番目の単語は「shake」で、後ろから四十七番目の単語は「speare」なので、『欽定訳聖書』シェイクスピアが四十七歳のときだったという事実を結びつけることで、シェイクスピアが聖書のなかにわざわざ残した暗号だと考えることができるというのです。

それはさておき、この時代は、英語という言語がもっとも単語を豊かに増やした時代で、言語としても充実した時代でもあるので、シェイクスピアのような人が自由自在に言葉を駆使して作品を作ることができ、聖書の翻訳の最高傑作が出版できた時代でもあったのです。

◉シェイクスピアの生い立ち、ロンドンに現れるまで

シェイクスピアの生まれたストラットフォード・アポン・エイヴォンは、イングランドの真ん中あたりにあるウォリックシャーのエイヴォン河のほとりにある町で、十一世紀の土地台帳では、長い間ウースター司教の荘園となっていました。それが一五三六年から一五三九年のヘンリー八世による修道院破壊のときに国王の所有となり、その荘園は貴族に与えられました。町そのものは宗教ギルドに

よって行政が運営され、一五五三年に自由市の勅許状が授与されてからは、荘園主が任命した町長と参事官によって町は仕切られていました。その頃の町の人口は二〇〇〇人足らずだったと言われています。町は手工業が盛んで、三つの場所で市場が開かれる市場町でもありました。

シェイクスピアの名前そのものは、十一世紀のノルマン征服までさかのぼるといわれています。お父さんジョン・シェイクスピアは、近くのスニッター・フィールド村の農夫リチャード・シェイクスピアの息子として育ち、徒弟奉公の後、白皮鞣し業・手袋製造販売業を営み、ストラットフォードのヘンリーストリートに住居兼店舗及び作業場を構えたと言われています。

その頃に息子のウィリアムが誕生します。当時としてはそれが習慣だったらしく、シェイクスピアの正確な生年月日は残っていません。ただ、一五六四年四月二十六日に、ストラットフォード・アポン・エイヴォンにあるホーリー・トリニティ教会での洗礼の記録が残っているだけです。当時の習慣で、生まれてから二、三日後に洗礼をしていたので、これも習慣的に誕生日は四月二十三日だろうとされています。命日が一六一六年四月二十三日だということははっきりしているので、習慣的に生まれた日も同じ日にされています。ただ、五十三歳で亡くなったと記録があるので、四月二十二日以前に生まれたのではなかろうかという人もいますが、誕生日に息を引き取ったのであれば、確かに計算は合います。シェイクスピアの履歴マニア以外はそれほど気にすることでもないようです。ちょうどそのころ日本では、同じ一六一六年に徳川家康が亡くなっています。

ウィリアム・シェイクスピアが生まれた翌年に父親のジョンが参事会員となり、一五六九年には町長にまでなりました。シェイクスピアは裕福な幼年期を過ごしたようです。そんな時代背景のなか、ストラットフォード・アポン・エイヴォンがロンドンから少し離れていることもあり、当局の目が十分に届かなかったり、地元のカトリック同士の結びつきが強かったこともあり、ストラットフォード・アポン・エイヴォンのようなロンドンから離れた土地では、カトリックの信仰が守られていたと言われています。

また、新しいプロテスタントの思想は地方の保守的な人たちには受け入れられなかったようです。このジョン自身も、町の出納役だったために、子供のウィリアムが生まれた前後に、ギルド・チャペルの「修理」を行なう必要に迫られました。現在でもウィリアム・シェイクスピアの洗礼記録と、お墓のある教会に行きますと、白い漆喰を塗った教会の壁を見ることができます。これは「民衆の目を欺くカトリックの教え」から民衆を守るための措置だったようで、当時としてはプロテスタントの英国国教会と折り合いをつけるための苦肉の策だったのでしょう。途中まで作業をしてあとはそのままにしたようです。その点からも、シェイクスピアの父親のジョン・シェイクスピア自身はカトリックだったと考えられます。

おまけに、ジョン・シェイクスピアは英国国教会に改宗しなかったらしく、罰金を取られたりしたようです。さらにこのことについては、一五七六年の二つの出来事が大きく関わっているというのが近年の通説になっています。その年の四月には、枢密院に「大聖職者委員会」が設置され、宗教関連の事項、つまりカトリックへの対応を検討、そして各地域でこの施策を具体化するための対応策を検討するとともに、いわゆるレキュザント（英国国教会忌避者）のリストを作ることになりました。また、この年の十月にはチャールコット在住の反カトリック主義者のトーマス・ルーシーが治安判事になり、また、ストラットフォードを管轄区域に含むウースター教区の主教として、ウィトギフト主教が任命されたことです。このひとは　異教徒であるカトリックへの追求と迫害に熱心だったことで知られた人物でした。

　ジョン・シェイクスピアは、結婚後活動の範囲を広げていて、手袋の材料である皮革を扱うだけでなく「ブロッガー」と呼ばれる投機的な羊毛取引を行なっていました。一七〇九年に出版された伝記でも客間《パーラー》の床下からも羊毛が発見されたという記録が残っています。事実十九世紀になって、ジョン・シェイクスピアの作業場のあった建物の床板が張り替えられた際、床下から羊毛が発見されています。ただ、その取引を無許可でしていたらしく、このころからジョン・シェイクスピアは、自分とその家族を守るために表舞台から姿を消すことになります。

　その一五七六年から父親のジョンは財政難に見舞われました。土地は親しい友人や親せきの名義にすることで没収されるのを防いだようですが、あとで返してもらうのに苦労したようです。当然、財産をなくして家計は苦しくなっていきました。まだその頃はヘンリーストリートの家を手放すところまではいかなかったようですが、それまで町の人たちからお金持ちのお坊ちゃま扱いされていた少年にとって、他の人たちの態度が手のひらを返したように変わったことが、その後のシェイクスピアに何らかの影響の影を落としているのは間違いないようです。劇作家になってからのシェイクスピア自身は、人当たりはよいけれども、裕福な割には細かいお金の計算にもうるさかったといわれています。

　シェイクスピアはヘンリーストリートの生家で成長し、地元のグラマー・スクールで教育を受けました。教育としてはそこまでで、その後は大学に入っていませんでした。父親のもとで、父親の仕事を手伝いながら徒弟として修行していたと考えられています。ただ、もしそうであるならば、その当時の習慣として徒弟奉公の間の七年間は、結婚はできなかったはずなのですが、ウィリアム・シェイクスピアは十八歳のときに八歳年上のアン・ハサウェイと結婚しています。結婚後半年で最初の子供が生まれていますので、どんな事情で結婚に至ったか想像をたくましくしてしまいます。そして二十一歳のときには三人の子持ちになっています。またその頃、有名な伝説ではトマス・ルーシーの荘園の鹿を密猟したかどで故郷にいられなくなったという話が残っていますが、これは根拠のない作り話のようでして、おそらくは家族を養うためにロンドンに出たのではないかと推測されています。二十代のそのあとの七年間は正確な記録がまったく残っていません。その完全な空白期間ののち、突如俳優兼座付き作家のウィリアム・シェイクスピアとしてロンドンに現れます。シェイクスピアの名前をロンドンの演劇界に見つけることができるようになるのが、シェイクスピアが二十八歳頃のことだとされています。

余談ですが、シェイクスピアの子供を産んだ後の奥さんのアンについてはこれまたまったくと言ってよいほどわかっていません。アンの実家がまだ残っていて、それなりの農家だったのだろうと思われるのですけれど、字が読めなかったのか、シェイクスピアからの手紙も残ってはいません。シェイクスピアの残した遺言書にも「二番目に良いベッドを与える」となっています。当然相続するはずの遺産に加えてわざわざそんなことを書き残したのもシェイクスピアなりのユーモアなのでしょうか。子供が三人いたとはいえ、「ハムネット」と名付けられた男の子は早死にしているので、ちょっとさびしい人生だったのかなという気もします。

【コラム❷】 シェイクスピアはいなかった？

昔から、劇作家としてのシェイクスピアの存在を否定する説がありました。その根拠とするところは、あれだけの作品を田舎のグラマー・スクールで初等教育を受けただけの男が、書けるはずがないというもので、さすがにこの説を支持する人も今では少ないようですが、今でもこの説は完全に否定されているわけではなく、またペン・ネーム説あるいはシェイクスピア別人説も昔から多くありました。そのなかで有名なものの一つは、十八世紀以降からある、フランシス・ベイコン説があります。あれだけの教養あふれたものを書いたのだから、当時の有名な文人であったフランシス・ベイコンがシェイクスピアの名前を使って書き上げたのだというものです。その他にも、エリザベス一世があの作品を書いたであるとか、クリストファー・マーロウの死の直後、シェイクスピアが登場することから、シェイクスピア＝マーロウ説というものもあります。事実、自説を証明するためシェイクスピアと同じ年に生まれ、シェイクスピアの登場する直前に若くして死んだクリストファー・マーロウの墓を暴いた人がいたらしいのですが、イギリスの場合死後に防腐処置のようなことは一切しないので、墓の中には何もなかったそうです。大学生のころに初めてシェイクスピアのお墓を見に行ったときに、イギリス人のガイドさんに訊いてみたところ、「このなかには何も残っていないから」という答えが返ってきました。シェイクスピアのお墓のあるホーリー・トリニティ教会には祭壇のすぐ前にシェイクスピアのお墓とその家族のお墓であることを示す石板はあるのですが、中のお骨はもはや、かなり風化していると思われます。

墓所に「そっとしておいてほしい」と刻まれたシェイクスピアですが、この願いはかなえられなかったらしく、一七九四年に墓荒らしがシェイクスピアの頭蓋骨を盗んだという言い伝えがあるとのことでした。そして、最近研究者がシェイクスピアの墓をレーダースキャンしたところ、どうやら頭蓋骨がないらしいという結論になったようです。遺骨が完全に風化していなかったことにも驚きですが、シェイクスピアの呪いを恐れない墓荒らしがいたらしいというのにも驚きです。

◉そしてさらに謎は深まる

一五六四年に生まれて、一六一六年に亡くなったウィリアム・シェイクスピアなる人物がいたことはどうやら間違いのないことのようです。また、その当時ロンドンにおいてウィリアム・シェイクスピア作として伝わる一連の劇作品や詩集が存在することも確かなことなのです。ただ、問題は、この二人のシェイクスピアという人物が同一人物なのか否かという、この二人を結びつける絶対的証拠が、存在しないのです。中野好夫は、「いささか推理小説めくが」と断ったうえで、以下のような意見を述べています。「つまり、ベイコンなり誰なり、特に名を出すことを避ける必要のある人物がいて、たまたま劇団にいたシェイクスピアの名をかりて作品を発表し、とうとうそれを死後まで押し通したということも、奇矯ではあるが、絶対に不可能とは言い切れない」とも言っています。もしこのことが事の真相であったならば、これまでの研究はなんだったのかということになってしまいますが、当の中野好夫も、「疑えば疑えるけれども、ストラットフォードで一五六四年に生まれたシェイクスピアなる人物が今日残っている一連の劇や詩を書いたと信じている」と結論付けています。正確なところはわからないので、いくら疑ってみてもキリがないのも事実です。

◉シェイクスピアの作品について

シェイクスピアのお芝居は、歴史劇に始まり、おおむね喜劇、悲劇、問題劇といった順番で書き継がれていきました。また研究が進んだ結果、一九九〇年代になって、それまで三十七作品しか知られていなかったところに、さらに二作品(『エドワード三世』、『血縁の二公子』)がシェイクスピア作品として認められるようになりました。さらに、グローブ座の座付き作家の後継者だったジョン・フレッチャーの書いた『サー・トマス・モア』という作品の一部を書きなおしたとされています。それというのも、エリザベス一世のお父さんのヘンリー八世の離婚に反対して処刑されたトマス・モアを扱っていますから、かなり政治的な色合いの強い作品だったため、上演禁止措置が取られそうになったものを、シェイクスピアが問題個所一四七行の手直しを手伝ってどうにか上演にこぎつけたということもあったようです。ただし、この作品は一四七行がシェイクスピアの筆跡だと確認されているだけなので、作品としては認められていないようです。これからまた研究が進んで新しい、現存しないとされていた作品のテキストが見つかることがあるかもしれません。

【コラム③】 シェイクスピアの作品まとめ

シェイクスピアの作品群については、その詳細はほかの研究書に譲るとして、ここでは簡単にまとめておくだけにします。あくまでも推定の年代です。

第一期(一五九〇~四)は「修業時代」と呼ばれ、歴史劇の『ヘンリー六世』三部作は、当時流行していた先輩作家たちと共作したりしていた時代でした。この時代の代表的なものに、歴史劇の『ヘンリー六世』三部作、『リチャード三世』、『じゃじゃ馬ならし』など、そのもっとも特徴的な部分は、直線的な行動の世界で、登場人物たちの行動の一面のみが強調されているものでした。この初期の歴史劇を書いていたころは習作時代ともいわれています。けれども、のちの偉大な作品の片鱗がこの頃すでに見えています。『じゃじゃ馬ならし』には、登場人物キャタリーナの隠された本質を描いて見せていますし、特に『リチャード三世』の主人公はただの殺人者ではなく、自分のしてきたことに苦悩する姿を描いているなど、のちの『マクベス』にもつながるものと言われています。

ただ、この作品中で主人公のリチャードを極悪人としてリチャードを倒したヘンリー七世に続くテューダー王朝が正統であることを印象付けることで、エリザベス一世のテューダー王朝にゴマをすっておこうという意図が見えるものになっています。

第二期(一五九四~八)は、シェイクスピアが自分の世界をつくっていった時代でした。『ロミオとジュリエット』、『真夏の世の夢』、『ヘンリー四世』二部作などが代表作になります。このころから主人公たちが多面性を持つようになってきて、ジュリエットの成長のプロセスや、のちにヘンリー五世になるヘンリー王子の行動がただの放蕩ではなく、修行の意味をもっていたなど登場人物のもう一つの面を描いて見せるようになります。また『真夏の世の夢』はのちのハリウッド映画にも影響を与えていますし、ことに『ヘンリー四世』に登場するフォルスタッフはシェイクスピアの作品を代表するほど有名な役で、「名誉なんざただの言葉だ。言葉なんかただの空気じゃねえか」などとうそぶき、「売春宿にはめったに行かねえ。一時間につきほんの四回だけだ」などと言い放つルネッサンスの雰囲気を体現する存在となっています。

第三期(一五九八〜一六〇〇)はシェイクスピアの作品に内面的な深みが出てきた時代になります。代表作に『から騒ぎ』、『ヘンリー五世』や『ジュリアス・シーザー』があります。『から騒ぎ』に登場する道化役のドグベリーは、シェイクスピアならではの「言葉遊び」を見せてくれていますし、『ヘンリー五世』のなかでの決戦前夜、国王としての責任からくる苦悩、『ジュリアス・シーザー』で、一度ブルータスが理性に訴えることでブルータスへと傾いた民衆の気持ちを、あえてブルータスに演説の機会を譲った後でアントニウスが民衆の感情に訴えることで、その気持ちを覆してまったく逆の方向に向かわせた、その扇動の手口など、不気味なほどの人間観察者としてのシェイクスピアが顔を見せ始める時代となります。

第四期(一六〇〇〜八)はシェイクスピアの絶頂期といわれています。このころにいわゆる「四大悲劇」が書かれました。また、人間というものを見つめた結果、人間というものを見とおして、それを劇作として残した時代といえます。自分で自分がわからなくなるほどの苦悩やその行動が描かれた時代でもあり、『トロイラスとクレシダ』のように、自由な雰囲気と言われるエリザベス朝の抱える矛盾をいやというほど見てしまったシェイクスピア自身のやり場のない怒りを表現した、現代の観客には少し意味不明ともとれる疑問を投げかける内容のものもありますし、『アントニーとクレオパトラ』に登場するクレオパトラやマクベス夫人のような人生経験を経た中年の女性を描いた時代でもありました。

第五期(一六〇八～一三)は晩年に当たります。このころになるとかつてのような旺盛な創作活動は影をひそめ、少しずつ筆の衰えが見えてきます。最後に『テンペスト』という大作のなかで、主人公のプロスペローに断筆宣言とも取れるセリフを言わせています。この作品で劇作家としての最後の姿を見せていて、最終的に人間のすべてを受け入れる境地に達したのだという作品になっています。シェイクスピアの作品群は歴史劇、喜劇、悲劇、ロマンス劇とされていますが、同時に『ハムレット』以降のいくつかのロマンス劇は、観客を楽しませるというよりは社会的な問題を提起するという意味で「問題劇」というジャンルに分類されています。

【コラム❹】 シェイクスピアの影響力(?)

歴史上の時系列的には、『エドワード三世』、『リチャード二世』、『ヘンリー四世第一部』、

『ヘンリー四世第二部』、『ヘンリー五世』、『ヘンリー六世三部作』、『リチャード三世』という順番になると思いますが、シェイクスピアの書いた順番では、『ヘンリー六世』三部作、『リチャード三世』それから『リチャード二世』の順番で書いています。『ヘンリー四世第一部』、『ヘンリー四世第二部』、『ヘンリー五世』は、かなり後になって書かれています。『ヘンリー六世』で描かれた時代は、「ばら戦争」の時代が舞台で、テューダー王朝の誕生をもたらした時代を描いています。劇作家の習作時代とはいえ、『ヘンリー六世』三部作だけでは物足りないと感じたのか、観客の反応にその自信と創作意欲を刺激されたか、その前後の時代も作品として残してくれています。ただし、シェイクスピアらしく歴史的事実は無視する形で、自由に想像力を働かせているという印象です。

特に、シェイクスピアのおかげで完全な悪人のイメージを定着させられたリチャード三世ですが、実際は温厚な国王で、その二年間の治世は安定した平和な時代でした。最近リチャード三世を埋葬した場所が発掘されて、その遺骨が見つかっています。復元されたその容貌はかなり知的でハンサムな青年という感じで、その頭骨に残された傷から、十五世紀の俗謡に歌われている通りの、激しい戦闘の結果、正面から致命傷を受けたようです。それにしても、シェイクスピアの影響なのか、その後、イギリス王室に「リチャード四世」と呼ばれる王様が登場しないところを見ると、たかが演劇とも言っていられないなと思ってしまいます。

◉エリザベス一世の時代

エリザベス朝というのは、古いものと新しいものが、奇妙に入り乱れて、併存していました。古いものは中世からの継承物で、新しいものは現在ルネッサンスと呼ばれる古典回帰、古典の再発見、そして人間の解放でした。ヘンリー八世のみならずエリザベス一世までもが、バチカンから破門されたという事実も、新しいものを求める機運を後押ししたと考えられます。シェイクスピアも、エリザベス朝の間は、その時代の比較的自由な雰囲気のなかで初期の喜劇を書いていました。

シェイクスピアが時代の雰囲気に合わせて喜劇を多く書いたエリザベス一世の時代といえども、お芝居の内容によっては投獄そして処刑の恐れは十分にありました。それどころか、シェイクスピアのパトロンとも言われた、女王のお気に入りでかなりの寵愛を受けていたエセックス伯のような貴族であっても、安全ではありませんでした。ちなみにエセックス伯は、宮廷で政治的に追い詰められた結果クーデターを計画し、その決行前夜シェイクスピアの『リチャード二世』をグローブ座で上演させ、気勢を上げたにもかかわらず、計画が発覚して処刑されました。当然シェイクスピア自身もそのお芝居を演じた俳優のなかにいたはずなのですが、お咎めなしでした。

シェイクスピアという人は、人当たりはよくて、親友だったと言われているベン・ジョンソンと「駄洒落合戦」をしたともいわれているほど、ユーモアのセンスも抜群にあったようですが、それもシェイクスピアの見せた一面にすぎなかったようです。というのも、シェイクスピアの教養を“poor Latin, less Greek”(ラテン語はお粗末で、ギリシャ語はさらにひどい)とこき下ろしたベン・ジョンソンも、その風刺が災いして何度か投獄されていますし、フランシス・ベイコンでさえ、政治的スキャンダルから失脚しています。エリザベス女王でさえ女王になってからも何度か暗殺されそうになったような、そういう何が起こってもおかしくない宮廷に出入りしながら、引退するまで仕事を全うし、お芝居を書き続けられたという事実は、シェイクスピアという人物は、ただの人当たりの良い、好人物だったとばかりは言えないようです。どちらかといえば、したたかで、抜け目ない面もあったのでしょう。そうでなければ、伏魔殿のようなところに出入りして、無事でいられなかっただろうと思います。

それも、幼少のころに父親の事業の失敗で相当な苦労をした経験から、のちにかなり裕福になったにもかかわらず、わずか数ポンドのお金の貸し借りで、裁判まで起こしたことが何度かあったようなので、一見人当たりの良い好人物に見えて、かなり食えない人物だったのではないでしょうか。むしろ、人間性そのものに絶望した過去を持ち、本心を簡単には見せないしたたかさこそが、のちに「四大悲劇」に見られるような痛烈な人間性を攻撃するお芝居が書けたように思います。それも、あらゆる側面から人間性を切って見せるという離れ業あるいは、人間性から来る愚行を、魔法使いが手のひらの上に映しだして見せるかのように、観客である私たちに笑いながら見せているようにも思えます。そうでなければ、ハムレットの皮肉の込められたセリフや、『リア王』の道化のセリフ、リアのグロスターに語る言葉、さらには『ジュリアス・シーザー』で、ブルータスが演説でシーザー暗殺を納得させた直後、マーク・アントニーの演説によって民衆の気持ちを覆させた民衆扇動の手腕、あるいはシェイクスピアと親しかった貴族が処刑された直後に書かれたとされる『トロイラスとクレシダ』に見られる人間性への怒り、あるいは『アテネのタイモン』や『コリオレイナス』のような絶望的な雰囲気のお芝居が書けただろうかとも思ってしまいます。

【コラム⑤】　シェイクスピアの時代背景

一四九二年、コロンブスが西インド諸島に到達した年にイタリアのフィレンツェで「イル・マニーフィコ(偉大なる男：確かに口は異常に大きかったようです)」と呼ばれたロレンツォ・ディ・メディチが死に、イタリア・ルネッサンスがそろそろ終焉を見せるころ、その二年後にローマに留学していた二人のイギリス人が帰国して、オックスフォード大学で古典学の講座を開きます。これはちょうどイタリアでルネッサンスの終わるころにイギリスでルネッサンスが始まったことを意味します。一四八五年に「ばら戦争」が終わり、ヘンリー七世の治世が始まったばかりのころのことです。それからほぼ百年後にシェイクスピアが活躍し始めることになります。特にシェイクスピアの活躍した時代はエリザベス朝からジェイムズ朝にまたがっていて、特にそのキャリアの前半はエリザベス朝の最盛期でもあり、シェイクスピアの作品の面白さもエリザベス朝の時代背景とも無関係ではないと言われています。シェイクスピア＝エリザベス女王説もあるくらいで、シェイクスピアの喜劇のほとんどはエリザベス女王在世中に書かれています。シェイクスピア誕生の四年後には日本では、織田信長が京都入りし、ヨーロッパ大陸ではこの一五六四年にミケランジェロとジョン・カルビンが死亡し、ガリレオ・ガリレイが生まれています。さらに時代背景としては、シェイクスピアの生まれた時代は、プロテスタントの宗教改革が広がりを見せ、ヨーロッパに定着し始めたころです。

シェイクスピアの時代は、イギリスにもプロテスタントの考え方がそろそろ定着し始めた時期でした。ヘンリー八世は、一五二〇年頃からイングランドを中世のカトリック社会から先進的なプロテスタントに変革させるための改革を遂行していました。流行に敏感だったのかもしれません。イングランドの宗教改革でした。ローマ・カトリックから訣別する際の直接の契機は、ヘンリー八世のアン・ブーリンに対するよく言えば「愛」、というよりも、ヘンリー八世としては彼女を手に入れたかったのですが、アン・ブーリンの姉妹がすでにヘンリー八世の愛人であったこともあり、アンはヘンリーを受け入れる条件として自分と結婚することを求めたことでした。ですが、そのためには最初の王妃であるキャサリン・オブ・アラゴンと離婚する必要がありました。ただ、この問題は、キャサリン・オブ・アラゴンがヘンリー八世の早逝した兄のアーサーと結婚していたという事実から、ヘンリー八世の最初の結婚が合法的に成立していたのか否かという問題を超えて、最終的に国家の意思決定は国王がするのか、それともローマ教皇なのかの問題にすり替わってきました。そこで、最初の結婚が合法的なものではないということを示すことによって、ヘンリー八世は同時に英国国教会の最高権力者である首長となりおおせて、バチカンの影響を取り除くことに成功し、その結果「絶対王政の国家」の元首として君臨することになりました。このことによって権力を国王に集中させることが可能になったのです。

そのヘンリー八世が崩御して、一五四七年に即位したエドワード六世は、プロテスタントの国王として、カトリック教会の権力を完全に剥奪しようとしました。それによって英国国教会の地位を完全なものにしようと努めたのです。このエドワード六世が一五五三年に亡くなると、後継者として指名したはずのジェイン・グレイを即位から九日後に処刑して、キャサリン・オブ・アラゴンの娘であった腹違いのメアリー・テューダーが即位しました。即座に、メアリー・テューダーのために、イングランドはカトリックに戻されます。メアリー女王としては、スペインのフェリペ二世と結婚していたので、十歳年下の夫に気を使うところもあったようです。メアリー女王はプロテスタントを迫害しますが、処刑したのは三〇〇人足らずでした。それでも短期間に処刑したことと、それ以外にも何人も投獄されたりしたため「ブラッディ・メアリー」とまで呼ばれています。その後、腹違いの妹のエリザベスがその十倍近く処刑しているにもかかわらずです。そして、一五五八年にメアリーの崩御した後、エリザベス一世が王位について、イングランドは再度プロテスタントの英国国教会に戻されました。ここまでの国内の混乱のもとを作ったヘンリー八世としては、自分こそがカトリックの最大の擁護者だと思っていたそうです。

さかのぼって考えますと、ヘンリー八世の父親のヘンリー七世が、すぐそばにある大国フランスや神聖ローマ帝国から弱小国イングランドを守る目的で、スペインと手を結ぶことを考え、息子のアーサーとスペイン国王の娘を結婚させることで、スペインと同盟関係になり、ばら戦争から立ち直ったばかりのイングランドに安定をもたらすことが目的だったのですが、かえって敵を増やす結果になってしまいました。

エリザベス一世としては、すぐそばにスペインという当時の強大な国家から自国を守るためにもイングランドの国教がカトリックでは具合が悪かったのでしょう。ちなみに姉のメアリー女王は夫のフェリペ二世と共同統治という形をとっていました。スペイン国王としてはイングランドの王位を主張する十分な理由があったわけです。さらに、エリザベス一世としても、スペインやほかの国から略奪してきた富をもたらすイングランドの海賊を保護するようなことまでしていたので、スペインのみならず、ヨーロッパ中の国々からにらまれていたのも事実です。とはいえ、あらゆる外国大使からのイングランドの海賊行為への苦情をエリザベス一世は、すべて「とぼけて」見せたらしいですが。特にスペイン大使には、「お兄様によろしく」とか答えていたようです。エリザベス女王はその統治の初期において、現実的な路線を追求していましたが、実際には長くは続かず、シェイクスピアが生まれたころにはカトリック弾圧の圧力が強化されてきました。宗教改革から見ると、エリザベス一世の時代は、ヘンリー八世の離婚問題から、カトリックと一時袂を分かったのち、ヘンリー八世のあとを継いだエドワード六世が早逝すると、エリザベスの姉でメアリー女王は自分自身がカトリックだったことから一時カトリックに戻しますが、エリザベス一世が王位につくとまたプロテスタントにもどります。シェイクスピアの生きた時代は宗教的にはかなり混乱した時代でした。エリザベス一世としては最後までためらったとはいえ、カトリックの反乱のうわさから、イングランドに入国したところを逮捕・監禁することにしたスコットランドのメアリー・ステュアートを最終的には処刑せざるを得なかったこともあった、そんな不安定な時代でした。

◉シェイクスピア劇の特徴

シェイクスピアは現場の人でした。シェイクスピアの劇の特徴として、大学に行っていなかったためにそのお芝居は衒学的にならずに済んでいるという人がいます。そのおかげで当時の庶民にとってはわかりやすくて、親しみやすいものになっていたとも考えられます。シェイクスピアが幼かった頃は、裕福な父親と豪農の出である母親のもとで暮らしていましたが、それが多感な思春期に父親が没落したとされています。ですが、もし事業が順調なままであれば、シェイクスピア少年は、オックスフォード大学かケンブリッジ大学に進学していたことでしょう。大学まで出ていれば、シェイクスピアの先輩たちや同輩たちのように、「大学出の秀才(University Wits)」と呼ばれていただろうと思います。そうなると大学でのエリートとして、大学で哲学を学んで論理的思考を身に着け、一般大衆である観客を上から見下したお芝居を書くような劇作家になっていたのかもしれません。シェイクスピアにとっての「大学」であり、一番の修業の場は、シェイクスピアにとっての「現場」である劇場でした。そこで、劇場に出入りするほかの劇作家たちや、役者の間で揉まれて、観客の反応に鍛えられながらその才能を磨いていったのだろうと思います。あるいは、シェイクスピアがほかのエリザベス朝の劇作家のように大学を出ていたら、ギリシャ劇のように個人で自分のまわりにある出来事に立ち向かっていく主人公を描いていたかもしれません。でも、シェイクスピアの描く主人公たちは必ず誰かと行動を共にしています。これは若くして結婚した結果、孤独な青年期というよりは、常に多くの家族に囲まれ、ロンドンで家族から離れて暮らしていても常に家族のことが頭から離れなかったからではないかという指摘もあります。

さらに、シェイクスピアの書くものには、哲学を評価していないものの言い方がよく見られます。たとえば、『ロミオとジュリエット』のなかに、追放されたロミオに気を静めるように説得するロレンス神父に対して、

哲学なんかくそくらえだ！
哲学でジュリエットが作れますか（第三幕三場）

といわせています。シェイクスピアは、知識も豊富で学問もあるロレンス修道士に対して、高度な教育を受けることがなかった庶民の立場から学問の象徴である「哲学」を批判しているようです。シェイクスピアは常に観客の目線で人間を監察して、その感情つまり喜怒哀楽を表現し、まさに泥臭い人間の姿を描いて見せたところにその人気の秘密があるのかもしれません。そして挫折した人間にはどこか同情するようなところもあります。

◉シェイクスピア時代の劇作家

その当時の劇作家というのは、俳優のために存在し、俳優は劇場主のためにありました。劇場経営というのは当時のいわゆるベンチャー・ビジネスであって、シェイクスピアが最終的に資産家になっ

て、故郷のストラットフォードに大きな屋敷を買い、その娘がお金持ちの医者と結婚できたというのも、シェイクスピアが劇作家兼役者だったからではなく、当時の劇場の共同経営者であり、いわゆる「株主」だったからだと言われています。人気俳優といえども劇場の所有者である「株主」のために働き、座付き作家兼俳優であれば、新しい作品のアイデアを仲間たちと話し合って練り上げていったりもできました。また、いわゆるフリーの劇作家は自分の台本を劇場主に売り込んでいたようです。

一つのお芝居の上演が決まると舞台俳優は自分のセリフとその前の「きっかけ」になる部分だけ書かれた台本を渡されました。けいこの期間は短くて、必要最低限度のことしかしなかったようです。この時代は興行期間も短くて、再演されることもほとんどなかったと言われています。また現代のように演出家が存在しませんでしたから、劇作家が書いた台本を、役者が独自の解釈で演じられていました。おまけに、現在のように著作権が存在しませんでしたから、うかつに文字にしてしまうと同じようなお芝居が、あちこちの劇場で演じられるようなことにもなる恐れがありました。それでもまた、『ハムレット』のように人気のあったものはいわゆる「海賊版」が出回っていたようで、シェイクスピアのような劇場主たちはそのことで頭を痛めていたようです。

【コラム⑥】 シェイクスピア時代の女優

シェイクスピア時代のお芝居の特徴として、女優が存在しなかったことがあります。イングランドの演劇は、教会の宗教劇が基礎になっていました。修道院の修道士たちが聖書の内容を教えるための宗教劇から発達したため、女優が存在しなかったといわれています。

そのため女性の役は声変わりする前の少年俳優がその役を演じていました。当然ほかの男性俳優に比べて、演技力に問題があったのだろうと思います。そのためか、主役や、それ以外の大役を任されることがなかったようです。なかには少年俳優とはいえ、まれに演技力のある子もいたのでしょう。そういう少年俳優にマクベス夫人やクレオパトラのような中年の女性を演じさせていたようです。現代でこそオフィーリアやコーデリア、デズデモーナのような役を有名な女優が演じていますが、本来は演技力をそれほど要求される大役ではなかったと思われます。でもそこは、シェイクスピアのお芝居ですから、細かく分析することでいろいろなものが見えてくると思います。脇役だからと言ってシェイクスピアとしては決して手抜きはしていないということなのでしょう。十分に分析に値するし、舞台に上げる際にもいろいろと工夫の仕方があるようです。

ちなみにイングランドの演劇に女優が登場するのは、ピューリタン革命後、王政復古によってステュアート朝が復活して、国王が劇場を再開した際にまったく新しい再出発となり、フランスの影響を受けて舞台に女優が登場したということです。

◉シェイクスピアは「落語」の面白さ

シェイクスピア時代の劇場について考えてみたいと思います。イギリスの劇場は、エリザベス朝のころに一応の完成をみたと考えられています。舞台の規模や、形は日本の能舞台に似ているという人もいます。いずれにせよ小劇場であって、そういった小劇場で演じることを考えて作られたのが、シエイクスピアのお芝居でした。

シェイクスピア時代の劇場を再現したものは、日本にも「東京グローブ座」があります。ただ、実際に十六世紀のロンドンにあったグローブ座の一階部分は平土間で、立ち見席になっていました。いわゆる一階部分の入場料は安くて、二階三階と上の階に行くほど料金は高くなっていったようです。劇場といえば聞こえはよいですが、いわば「芝居小屋」程度のものだったと考えられています。そのため、大掛かりな舞台装置は望むべくもなく、細かいセリフの言い回しのニュアンスを大事にする必要があり、すべてはお芝居を観る側の想像力に頼るしかない、観客に想像力を要求してはじめて成立するものでした。

シェイクスピアの面白さの要素の一つは日本の話芸である「落語」の面白さだと中野好夫は指摘しています。「落語」という話芸はあまり大きくはない芝居小屋で誕生し、発達していきました。日本の「落語」という話芸は、道具らしい道具をほとんど使うことなく、あたかもそこに「それ」が存在するかのように「言葉」やしぐさを駆使して、その芸によって観客はその場にないものを見ているかのように、あたかもその場面を目の当たりにしているかのような錯覚を覚えるのです。

シェイクスピアの場合、時代錯誤も地理的知識のいい加減さも、劇的効果を狙った結果ということで片づけられています。海のないはずのボヘミアの海岸に流れ着いたり、ジュリアス・シーザーの時代に「時計が何時を打った」というセリフがあったりしても、同時代の観客は疑問を感じることもなかったでしょうし、ありえないことだとわかっている現代の観客にさえ不自然さを感じさせないのです。『ヘンリー五世』というお芝居のイギリス軍とフランス軍の約五万人が衝突する場面を芝居小屋で見せるのは不可能なので、最初から「語り手」を登場させて、「観客の皆様のご協力を仰がなければなりません」と口上を述べさせたりしています。その場面は、戦闘が始まる前の晩のヘンリー五世の国王としての苦悩を描いた場面の直後に来るので、その後の百年戦争最大の戦いの一つであるアジンコートの戦いのなかの一場面を切り取って、かつて国王ヘンリーがフォルスタッフと悪行を働いていたときのごろつき仲間のピストルがフランス人の貴族を捕虜にする場面をコミックリリーフに使っていたりします。

少し横道にそれてしまいました。つまり、シェイクスピアのお芝居というのは、「聴く」お芝居であって、観客に想像力を要求するものだったのです。さらにシェイクスピアはすべてのお芝居を現代劇としてとらえていました。そのため、舞台装置もシェイクスピアの時代の普段のものがつかわれていました。古代ローマのお芝居でも、俳優たちはローマ人の服装ではなく、十六世紀の服装で演じていたようです。現代のように時代考証にこだわるようなことはなく、現代のようにそれぞれの時代の衣装にこだわることはなかったようです。観る側としては、中世が舞台であれば、それらしい恰好を期待するところですが、シェイクスピアの時代のお芝居は観る戯曲ではなく聴く戯曲だったということなのです。まさにハムレットのセリフのように"Words, words, words"のお芝居でした。シェイクスピアのお芝居の面白さはまさにセリフの面白さなのです。

シェイクスピアのお芝居は、舞台設定がどの時代であろうと、シェイクスピアの時代の「現代劇」として理解されていました。同時にシェイクスピアのお芝居は、仮に歴史劇であっても、現代の文脈に当てはめてみることができると思います。それは、シェイクスピアの普遍性ということができるかもしれません。シェイクスピアの描いた世界を日本に当てはめてみても同じように違和感がないのは、シェイクスピアの描いているのは他ならぬ「人間」であって、その人間とは国や時代が違っても、同じようなことで悩んだり、苦しんだり、喜んだりしていると思います。つまりは人類としての普遍的テーマを扱っているのがシェイクスピアのお芝居ということなのだと思います。その意味では、シェイクスピアのセリフの意味するところを正確にとらえておかないと真意が伝わらないということに気を付ける必要があります。

ただ、それぞれ人によって感じ方も違ってくるし、それぞれの演出家による演出の違いもあると思います。それぞれの「正確な解釈」があるから面白いのかもしれません。

おいしいものを食べたときに素直に「おいしい」と感じ、いい音楽を聴いたときに「よかった」と感じるように、そこは「それぞれのシェイクスピア」で構わないように思います。あまり大きく解釈を外していない限り、文学作品というものは自分の好きなように読んで構わないと思っています。あくまで大きく間違っていなければ、それぞれの時代の「現代もの」としてある程度自由な解釈が許されると考えています。

◉シェイクスピアのその後

シェイクスピアは推定年齢四十七歳のときにストラットフォードに引退してからも、「国王一座」と名前の変わった自分の所属した劇団の座付き作者の跡を継ぐジョン・フレッチャーに頼まれて、『ヘンリー八世』と『二人の貴公子』を共同執筆したといわれています。そして、その『ヘンリー八世』をグローブ座で上演中の一六一三年六月のある日、音響効果のために使われた空砲から火がついた紙きれが、風にあおられ舞い上がり、グローブ座の藁吹き屋根に火がついて、それから一時間ほどで劇場は燃えてしまったということです。この火事騒ぎの後、グローブ座は一年後の一六一四年には瓦屋根で建て直されましたが、シェイクスピアは、劇場の権利も一切手放して、故郷へ引っ込んでしまい、もはやロンドンの劇場に復帰することはありませんでした。

そんなころ、シェイクスピアの長女のスザンナは、ジョン・ホールというピューリタンの医者と結婚しました。このホールという医者はかなり腕の良い医者だったらしく、大きな屋敷が残っていて、現在ではその屋敷が博物館になっています。その博物館のガイドによると、床板がまっすぐで床が平面なのは、この家の家主が金持ちだったからだと言っていました。シェイクスピア自身も当時の医学の知識がかなりあったようなのですが、十六世紀から十七世紀の医学知識ですから、古代ギリシャのヒポクラテスや、その弟子のガレスの医学知識あるいは、パラケルススの錬金術的な化学の知識がまかり通っていた時代ですから、現代の私たちから見たら、アフリカの呪《まじな》い医者のような種類の医者と大同小異といった感じの医学知識でした。広く行なわれていた治療法は、「刺絡」いわゆる「瀉血」が多かったようです。そしてまた、ホール医師はその方法はあまり好まなかったらしく、むしろ得意だったのは、「浣腸」だったとのことです。実際にこの博物館には、「やっとこ」のような金属製の医療器具のほかに、ガラスでできた注射器のような「浣腸器」らしきものも見ることができます。彼の細君のスザンナが「差し込みで苦しんだ」ときや、娘のエリザベスが原因不明の高熱で苦しんだときも、この治療法で完治したということです。当然、義理の父親であるシェイクスピア自身の臨終の際もホール医師が立ち会って、最後をみとったことが考えられますが、このジョン・ホールがこの得意の治療法を義父に施したかどうかは、残念ながら記録に残っていません。このホールというピューリタンの医師は事細かく治療記録を残していることで知られているのですが、なぜかシェイクスピアの記録が見つからないというのも奇妙な話だと思っています。

シェイクスピアは、一六一六年一月に最初の遺言状を書いています。同年二月に二人目の娘のジュディスが、地元の名門のクイニー家の三男と結婚しますが、あろうことかクイニーはマーガレット・ウィラーなる女性を妊娠させていることが発覚し、姦通罪で起訴されてしまいます。シェイクスピア自身も若いときに同じような過ちを犯していますが、自分の娘に同じことが起きてしまったわけです。ジュディスとクイニーが結婚式を挙げた一ヵ月後、マーガレットは出産のときに産んだ子とともに死んでしまいました。三月二十六日にはクイニーは法廷で罪を認めましたが、その前日にシェイクスピアは弁護士に遺言状を書き換えさせ娘婿の名前を削除させたとされています。ですが、実際最大の変更箇所は、娘のジュディスが結婚するまで遺言執行人が保管するとされていた遺産の一部をジュディスの結婚という事実により、変更する箇所があったに過ぎなかったようです。こうしてシェイクスピアの「遺書」は、一月末に作成された後、修正をへた上、三月二十五日に署名されました。それから一ヵ月もしない四月二十三日に他界しています。娘のジュディスのことがあって、それまでかかっていたと思われる病気の症状が、さらに悪化したのかもしれません。それでも死を前にしてシェイクスピアは冷静さを失わなかったということなのでしょう。

シェイクスピアの死後、洗礼の記録が残るホーリー・トリニティ教会の祭壇の前に葬られました。

その墓碑銘に「よき友よ、主イエスの名にかけて、ここに納められし遺体を掘り起こすなかれ、この墓石に手を付けざる者に恵みあれ、わが骨を動かすものに呪いあれ」と彫られています。この墓碑銘は、ミルワード先生によると、「あまりシェイクスピアらしくない」とのことでした。シェイクスピアならもう少し気の利いた文句を考えたことだろうということなのでしょう。

◉その後のエピソード再び

この詩人の死後もいろいろなエピソードがあります。ロンドンで成功したシェイクスピアが、故郷のストラットフォード・アポン・エイヴォンで二番目に大きな屋敷であったニュープレイスを購入しました。そして、この屋敷の庭にシェイクスピアは自ら一本の桑の木を植えたと言われています。その後、ニュープレイスは、一旦元の地主のクロプトン家の所有になり、十八世紀になるとまた持ち主が変わります。その頃になると、「シェイクスピアお手植えの桑の木」は、シェイクスピアの思い出として、観光客たちが訪れるようになりました。ところが、当時この家屋敷の所有者はフランシス・ギャストレルという牧師で、しかもこの牧師さんは、シェイクスピアを慕う観光客に腹を立てたか、彼らのお目当ての桑の木を一七五六年に切り倒してしまいました。これは周りの村人たちの怒りを買い、この牧師と村人との関係は険悪なものになったということです。そしてその三年後には今度は税金のことでいさかいを起こして、その結果ニュープレイスの屋敷を、「古井戸といくつかの土台石」だけを残して、すべて解体してしまいました。このことは、その屋敷を観光名所にと考えていた村人たちに仕返しをする結果となりました。このため、ニュープレイスは今日観るようなきれいな花が咲いている小さい公園のような場所になってしまいました。有名人の住んでいた場所ともなると、「歴史的建造物」とか言っては押しかけていって、住んでいる人たちに迷惑をかけた観光客が悪いのか、そんな家に住んでいる方が悪いのか、いずれにせよ人類の貴重な文化遺産の一つが永久に失われてしまったことに違いはありません。

これにはさらに後日談があって、この「騒動」で一儲けした人がいました。この村に住んでいたトマス・シャープという男がいて、その名前のとおり頭の切れる男だったらしく、切り倒された桑の木に目を付けました。この男が牧師からこの桑の木を買い取って、それから小さな記念品を作って、大儲けをしたというのです。この桑の木は、記録によると六インチ(20センチ)ほどの太さだったようなのですが、売り出された土産物はとても一本の木からとられたとは思えないほど大量だったということです。歴史上世界最初のシェイクスピア土産といったところでしょうか。

【コラム⑦】テューダーからステュアートへ

エリザベス一世がまだ子供のころに実の父親のヘンリー八世によって母親のアン・ブーリンを処刑され、ロンドン塔に幽閉されたこともあり、その苦労はとても「王女様」というイメージからほど遠いもので、その時代の庶民には想像もつかないような、かけ離れたものだったことだろうと思われます。エリザベス一世というと即位後の華やかな時代ばかりが話題になりますけれども、それ以前の生活はといえば、常に処刑ないしは暗殺の恐怖と隣り合わせのもので、そんななかで、学問を忘れず、何ヵ国語も使いこなせるようになったことや、女王になってからイギリスのフランシス・ドレイクのような海賊のスポンサーになったりして、さらに外国からのイギリスの海賊行為への苦情に対して、巧みにとぼけて見せたり、各国からのエリザベス女王への結婚の申し出をはぐらかしたりなど、その外交手段は到底ただ者ではなかったことがうかがい知れます。そういう良くも悪くも何でもありの女王のもとでお芝居を書いていたシェイクスピアの創作活動にも影響はあったろうと思います。

またエリザベス一世は、ピューリタンからの圧力にもかかわらず、劇場を保護し、女王自身も演劇を好んでいました。そのためエリザベス朝のお芝居は明るい雰囲気のものが多く、歴史劇でも明るい未来を期待させる終わり方をしています。しかし、エリザベス一世には後継ぎがなく、死の直前まで後継者の指名はしませんでした。これは強力な保護者を失うかもしれない演劇界のみならず社会的にも不安を引き起こすものでした。これが、エリザベス一世の後を継いだジェイムズ一世の時代になるとシェイクスピアの作品も喜劇から悲劇へと変わっていきます。いわゆる「四大悲劇」が書かれたのもジェイムズ一世の時代のことでした。でもこれは、時代の雰囲気が、国王が一人変わったことで変わるはずもないのは当然ですが、エリザベス朝のスペインとの戦争での戦費の借金も残っていて、それをジェイムズ一世が引き継ぐ結果となったことや、ジェイムズ一世の性格にも関係があったのかもしれません。またかなりの変人だったことは間違いなかったようです。現代からの視点からではありますが、たとえばエリザベス一世が魔女狩りには慎重だったのに反して、ジェイムズ一世は悪魔学の本を書いたり、魔女狩りに熱心だったり、同じようにインテリではあっても、二人ともかなり違った種類の才人だったようです。とはいえ、エリザベス一世も虫歯の痛みに何日か悩まされた結果、一人の魔女のせいだとして魔女狩りの指示を出したそうです。また、ジェイムズ一世は、当時の医学知識に従って、一年に一回しかお風呂に入らなかったということです。

ジェイムズ一世となるスコットランド王ジェイムズ六世も国王になるまでの事情は平坦なものではありませんでした。歴代のスコットランド国王は、病死や暗殺、反乱、戦争など、何らかの理由で早死にすることが多かったのです。そんななかでジェイムズ六世だけは例外で長生きでした。ジェイムズ六世の父親のダーンリー卿はおそらく実の母親のメアリー・スチュアートによって暗殺され、またその母親のメアリー・ステュアートもエリザベス一世によって処刑されています。同じような背景を持つ二人の王が相次いでイギリスの王位に就くことになりますが、時代は大きく変化していきました。

それが、ジェイムズ一世の時代になると喜劇から悲劇を多く書くようになっていきます。

これは家族の死などシェイクスピアの人生にも大きな変化があったからと考えられています。そしてエリザベス一世の崩御の後、スコットランドのジェイムズ六世が新しい国王として迎えられることになります。ジェイムズ一世となった新しい王は、シェイクスピアのような演劇人には幸いなことに芝居好きで、国王自ら劇団を所有することを宣言します。そのおかげで、国王がパトロンとなったシェイクスピアの劇団は国王一座と改称し、その後何年にもわたって、年間平均二十回ほど宮廷で上演を行なうことができました。

シェイクスピアの最後で最大のパトロンであったジェイムズ一世を狙って、カトリック勢力が国会議事堂の下までトンネルを掘って、爆薬を仕掛け国王ごとプロテスタントの議員を吹き飛ばそうとしたという陰謀が発覚しました。首謀者とされたガイ・フォークスは逮捕され、拷問のうえ自白を強要された挙句火あぶりにされました。有名なガン・パウダー・プロット(火薬陰謀事件)と呼ばれる事件です。今でも、毎年十一月五日はガイ・フォークス・デイと呼ばれ花火を打ち上げ、ガイ・フォークスの大きな人形に火をつけてお祝いをします。いったい何のお祝いなのか疑問なのですが。

新しい国王のもとでお芝居も変化していきました。エリザベス一世時代の明るく楽観的で快活なものから、ジェイムズ朝のものはしばしば陰気で教訓的、また内省的なものに変わっていきました。エリザベス一世崩御の少し前のシェイクスピアの父親の死や、ペストの流行、ガン・パウダー・プロットの発覚によるカトリックへの締め付けの強化など社会的にも不安が続いたことも関係があると思います。加えて、このような変化が生まれた背景の一つとして、ジェイムズ朝の宮廷では、好んでホワイトホールで上演されたことが関係しているといわれています。当時としてはぜいたく品だったろうそくを照明に使ったこの屋内劇場で、決定的ともいえる変化が起こりました。空天井で昼の光を取り込んでいた芝居小屋とは違い、夜の表現がよりリアルなものとなりました。妖精を飛ばしたり、神の降臨を見せるなど特殊効果を使った上演が増えていきました。そして、シェイクスピアの悲劇の頂点である「四大悲劇」が書かれたのもジェイムズ朝のことでした。

【コラム⑧】 シェイクスピアのテキスト

シェイクスピアの生存中には、シェイクスピア自身が台本をテキストとして出版することはありませんでした。また、シェイクスピアの肉筆あるいは手稿原稿とされるものはほとんど残ってはいません。シェイクスピアとしては、お芝居の台本は、「これで終わり」ということはなくて、上演する「時と場所」や、観客に合わせて少しずつ手直しをしていったと考えられています。シェイクスピア自身としては、自分はあくまでも「台本書き」であって、観客を楽しませるための「芸人」か「職人」くらいに考えていたのかもしれません。いずれにせよ、最終的な完成原稿というものが存在しませんでした。おかげで、原典と照らし合わせて、これが正しいとか、これはどうとか言うことができないのです。

シェイクスピアの生前に台本がテキストとして出版されることはあったのですが、それはお芝居を演じた役者の記憶に頼ったセリフを集めたものであったり、また、劇場から不正に持ち出された手稿などもあったようで、数種類のものが存在したようです。それらは劇団から許可を得ないまま印刷され出版されたこともあったようです。同じ題目でも出版された時期によって少し違ったものになっていました。現在のように著作権などまったく認められていなかったので、勝手に出版された台本は、シェイクスピアや彼の所属する劇団にはまったく利益をもたらすことはありませんでした。シェイクスピア自身も自分の台本の出版には興味がなかったのか、最初のものが出版されたのは、シェイクスピアの死後七年たった一六二三年のことでした。ファースト・フォリオと呼ばれるこの本は、シェイクスピアが属していた劇団の幹部で、シェイクスピアの親友だったジョン・ヘミングズとヘンリー・コンデルという二人の人物によって出版されました。これは、シェイクスピアの死後その作品が散逸するのを惜しんだ二人がシェイクスピアのことを忘れられないように思い出の品として出版したものでした。シェイクスピア自身も周りの人たちも、シェイクスピアが後世になってこんなに有名になって大物扱いされるとは思っていなかったのでしょう。このファースト・フォリオと呼ばれるこの本に収録された作品は、全部で三十六作品でした。そのうちの十八編はそれまで出版されなかったものでした。この本のおかげで、現在でもシェイクスピアがお芝居として演じられているのですけれども、出版の際に、活字を組む職人が勝手に解釈を加えてテキストを変えてしまったり、紙が貴重だったため、多少の誤植などは無視してそのまま製本してしまったようです。フォリオ版といえどもすべてが同じテキストというわけにはいかず、印刷・製本した職人によっても、多少のばらつきはあるようです。二十世紀の書誌学の発達によって、かなり研究が進んだようで、現在残っているテキストは、フォリオ版あるいは二つ折り本と呼ばれるものと、四つ折り本と呼ばれるものがあって、一六二三年以前にすでに十八作品のテキストが出版されていましたが、一六二三年以前のものは今から見ればいわゆる「海賊版」ということになると思います。それらを組み合わせることで一つのテキストを作っているのですが、特に『ハムレット』のような場合、シェイクスピアの生前から人気があって、四つ折り本がいくつか許可なく勝手に出版されていました。ただそれも出版されたシェイクスピアのテキスト台本であるため、いわゆる海賊版といえども無視するわけにもいかず、それも含めて二つ折り本との折衷版のような形で今のテキストができています。その勝手に出版されたものを現代の学者がすべてつなぎ合わせた結果、たとえば『ハムレット』の場合、現在ではシェイクスピアのお芝居のなかでは一番長いものになっています。またシェイクスピアとしては、上演したときが最終版というわけではなく、常に最新版にすることを考えていたらしく「これで終わり」ということはなかったようです。時がたつにつれて「ああしよう」とか「こうしよう」とか考えていたらしくどんどん別な形へと進化していったと思われます。

「ファースト・フォリオ(二つ折り本)」のようにシェイクスピアの死後、友人たちが亡き友人のために編纂したテキストを印刷されたものであっても、植字工の解釈で、勝手にセリフが変えられていたり、紙が大変貴重だったため、多少の間違いがあっても、そのまま印刷・製本してしまったようです。そのため、現在では、微妙な違いのある数種類のテキストが存在するのが常識になっていて、フォリオ版(二つ折り本)には見られないセリフが、クオート版(四つ折り本)には見られるときには、その両方を同時に掲載できなくて、二種類のテキストを並べてみたり、別な版では、別な登場人物に同じようなセリフを言わせているという場合もあります。編集した人の「苦肉の策」といったところでしょうか。現在の出版社でも少しずつ違ったものが出されているようです。ただ、それぞれがそれぞれの研究者の自信作であり、専門外の素人の立場では、どれがよくて、どれが間違っているということは気にしなくて良いようです。研究者の間では、一番オーソドックスとされるものや、舞台で上演するのに適しているものとか、一番廉価で手に入れやすいとかあるようですが、それほど神経質になる必要はないと思っています。ちなみに一番の廉価版とされているイギリスのペンギン版が、ロイヤルシェイクスピア・カンパニーでお芝居を上演する際に使われているようです。また、このようなわけで、シェイクスピアの「決定版」が存在しない原因となっているのです。

最近の研究が進んだ結果、シェイクスピア作品といえども人気がなくて、忘れられていった劇作品も見つかっています。『エドワード三世』というお芝居は、先輩作家のクリストファー・マーロウの『エドワード二世』というお芝居が評判だったため、それに対抗意識を燃やして書いたと言われています。でもシェイクスピアのお芝居としてはあまり評価されていないでついには忘れ去られたようです。加えて、『血縁の二公子』という劇作品もあったことが確認されていますが、こちらの方は、テキストさえ残っていないようです。『サー・トマス・モア』もシェイクスピアの共作だと判断すると、シェイクスピア作品は全部で四十作品になるといずれ考えられるようになるかも知れません。あるいは新しいシェイクスピアの作品がいずれどこかでひょんなことから発見されることがあるかもしれません。そのことを楽しみにして待つのみです。

◉『ロミオとジュリエット』

この本の第一部で扱われている『ロミオとジュリエット』とその他の四大悲劇について見ておきたいと思います。『ロミオとジュリエット』の冒頭の部分は、ノースロップ・フライの指摘するように、舞台であるヴェローナの町に漂う不穏な空気で始まっています。これは町を支配する側が十分な力を発揮されていない場合、どういう状況になるかということを見せています。つまり、これはテューダー王朝以前のばら戦争の時代を思い出させ、ヘンリー八世の崩御の後、エリザベス一世が即位するまでの混乱した時期を思わせます。すなわちひとたび反目しあう貴族たちを抑えることができなくなったときの混乱状態をつい昨日のことのように思い出させています。その不穏な世の中の雰囲気を思い出させる効果があったと思います。

少しうがった見方かもしれませんが、このお芝居は、権力者の意向を無視して行動すると、どういう悲劇が起こるかということを見せているというノースロップ・フライによる指摘があります。ある意味このことからもシェイクスピアという人物は、他人の機嫌を取ること、特に権力者のご機嫌を取り結ぶことにかけてはかなり抜け目なかったということの裏付けになるように思います。また冒頭の際どい冗談のやり取りは、当時の観客、ことに一番安い平土間の席に陣取っている観客たちにお芝居の始まりを知らせる開演のベルの役割を果たしていました。際どい冗談のやり取りで、観客の注意をひきつけることで、自然に観客をお芝居の世界に引き込んでいくことに成功していると思います。

この『ロミオとジュリエット』というお芝居にも種本があって、アーサー・ブルックの翻訳した物語詩『ロミウスとジュリエットの悲劇的物語』というものでした。ちなみに、この物語詩の大まかなあらすじが、『真夏の夜の夢』のなかではアテネの職人たちの演ずる劇中劇の形でつかわれています。その韻文物語では、ほぼ九ヵ月にわたってこの物語は続くのですが、『ロミオとジュリエット』の場合は、ほんの五日足らずの間に物語が進展していきます。このお芝居のテンポの速さこそが、この悲劇の効果を高めているということができます。おそらく日曜日の夜のパーティの席で、ロミオとジュリエットは出会い、月曜日には結婚式を挙げ、火曜日にはロミオは追放されて、水曜日にはジュリエットの葬式があり、木曜日か金曜日には二人は死ぬというあわただしさです。このやり方はシェイクスピアが得意とするところだったらしく、『リチャード三世』というお芝居では、ほんの二週間ほどの出来事のように描かれていますが、この温厚篤実だったとも言われる国王の治世は少なくとも二年ほどあったはずですし、リチャードが王位に就くまでの、それ以前のエピソードまで含めるともっと長い期間だったはずなのです。

また、このお芝居の効果を上げているのが、若い恋人たちの「アッ」という間に燃え尽きるありさまを暗示させる「稲妻」や「火薬」といったキーワードで、それらを効果的に使うことで、このお芝居の劇的効果を上げています。この悲劇では、「愛」は必ずしも幸福の完成という役割を与えられておらず、「愛」は「死」と結び付けられています。さらに、第二幕第四場の冒頭の口上のように「愛を食い殺す死」といった使われ方をしています。

ただし、この悲劇には、他のシェイクスピアの悲劇のように、明らかな「悪人」は登場していません。にもかかわらず、六人もの登場人物が死ぬ結果となっています。ロミオやジュリエットだけでなく、マキューシオ、ティボルト、パリス伯爵、そしてモンタギュー夫人が死んでいます。このなかで唯一悪役の要素を持ったティボルトでさえ、気が短くて「カッ」となりやすく、争いを止めに入ったロミオの後ろからマキューシオを剣で突き殺したとはいえ、主人公の一人のジュリエットにすれば、大切な「いとこ」だったことには相違ないでしょう。周りの大人たちが常にいがみ合っていると、子供たちがすぐにまねをして、それが伝染するということかもしれません。

パリス伯爵にしても、その年齢ははっきりしませんが、当時の習慣として、爵位を受け継ぐまで結婚もできなかったことを考えますと、ある程度の年齢には達していたのかもしれません。

また、ノースロップ・フライが指摘するように、キャピュレット夫人も当時としては二十歳になる前に子供を産んでいたということを考えると、三十代前半位だったかもしれません。もし、ジュリエットが、ロミオに出会うこともなく、パリス伯爵と両親に勧められるままに結婚して女の子を生んでいたならば、十五年もしたら、キャピュレット夫人と同じように自分の娘に結婚を勧めていたのかもしれません。

また、ロミオ自身についても少し見てみたいと思います。ロミオはこのお芝居の最初では、ロザラインという、実際にはお芝居には登場しない女性に恋い焦がれていました。その姿を印象付けられた直後にジュリエットに出会ってしまったために、その気持ちがジュリエットに移ってしまうといういささか情けない「優男」という風に描かれています。ですが、このロミオこそ中世以来の「騎士」の理想を体現しているとみることもできるのです。つまり、自分の理想の女性へのプラトニックな恋愛に生きているという点が一つ。ジュリエットとの結婚の後の場面で、マキューシオとの駄洒落合戦をはじめ、マキューシオを言い負かすほどの機知を見せるほど頭の回転も速く、喧嘩っ早いティボルトやパリス伯爵との決闘で相手を倒すほどの剣の腕前を持ち、貧乏を体現化したようなマンチュアの薬屋を憐れむ深い思いやりを見せています。これらの特長は、まさに中世以前からの騎士の理想像であるということができると思うのです。

もしこの愛の物語が、悲劇ではなく喜劇として書かれていたとしたら、このお芝居はもう一つの喜劇である『真夏の世の夢』になっていたことでしょう。本当にちょっとした行き違いやちょっとしたきっかけで悲劇にも喜劇にもなってしまうのが人間の営みというものなのでしょう。特にシェイクスピアの喜劇の場合、教訓じみたものを期待する前に、ただ単純に楽しめればよいのであって、『ロミオとジュリエット』の裏返しが『真夏の世の夢』ということができるのです。主人公の二人ロミオとジュリエットは「運命にもてあそばれたおろか者」にすぎないのです。この悲劇の要因はギリシャ悲劇のように登場人物の性格によるものではなく、単に外的な事情の狂いにあったということなのです。もしロミオのもとにロレンス神父の計画どおり手紙が届いていたら、この悲劇は起こらなかったことでしょう。ただ、もしこの計画がうまくいってしまって、主人公の二人が幸せな結婚生活を始めていたとしたら、それは「新しい悲劇」の始まりだったかもしれませんが。ただ人間の運命というものは、ほんのちょっとしたきっかけで喜劇にも悲劇にもなってしまうということなのでしょう。シェイクスピアの劇作のなかでも、「性格と運命」との関連において注目に値する作品という指摘もあります。

シェイクスピアの恋愛を扱った作品のなかで、シェイクスピアの恋愛悲劇で恋人たちの名前を付けたものに『ロミオとジュリエット』、『トロイラスとクレシダ』、『アントニーとクレオパトラ』の三作品がありますが、松岡和子は、主人公たちの年齢が上がっていくにしたがって、争いの規模が大きくなっていくということを指摘しています。つまり、主人公たちの年齢が上がっていくにしたがって、恋する二人の恋愛を妨害する障害の規模が大きくなっていくということなのでしょう。『ロミオとジュリエット』では、ヴェローナの町の二家族間の争いですが、『トロイラスとクレシダ』では、舞台がトロイ戦争となります。ちなみに、シェイクスピアの時代は、イギリス人の先祖は、ギリシャ側に戦争で負けた後トロイを落ちのびることができた人たちだったという伝説がありましたので、このお芝居は、遠い先祖の話として考えられていました。『アントニーとクレオパトラ』は、ローマとエジプトとの国家間の戦争になっています。ロミオとジュリエットは十代、トロイラスとクレシダは二十代、アントニーとクレオパトラは、当時としては中年の年齢になると思います。こう見ると、主人公たちを取り巻く諍いが悲劇を成立させるとはいえ、年齢が上がるとその規模が大きくなっていくというのはシェイクスピアの皮肉なのかもしれません。

若い恋人たちの早すぎる死、そしてこのお芝居のなかで死んでいった人たちは、死ななければならない必然性などまったくないごく普通の市井の人たちであって、人生はごく些細な行き違いにより悲劇にも喜劇にもなりうるというメッセージなのでしょう。このお芝居のなかで括目すべき成長を見せたジュリエットだけでなく、ロミオやほかの若い人たちも大人になったらどんなに立派な人物になっていたかも知れないというシェイクスピアの思いもあったのかもしれません。

モンタギュー家とキャピュレット家の諍いの結果の悲劇が起こった後、両家の対立は本当に収まったのかという疑問はどうしても残ります。愚かな人間はこの悲劇のことを「明日」まで記憶していたのかどうかについては、シェイクスピアは何も語ってはいないのです。その判断については、観客である自分たちにまかされているのでしょう。

◉『ハムレット』

シェイクスピア作のハムレットは太っていたという説があります。第五幕のハムレットとレアティーズの決闘の場面で、ガートルードがハムレットに向かって、"You are so fat!"という場面がありますが、これにいろいろな解釈が与えられています。そのうちの一つが、この"fat"という単語は、シェイクスピアの時代には、「汗だく、汗まみれ」という意味で使われていたというものです。これは、あるアメリカの女子大生が、夏休み中に自転車旅行をしていたときに、のどが渇いたため、途中で見つけたある農家で水をもらおうとしたところ、その農家のおばさんから"You are so fat!"といわれたので、そのおばさんに「それほどでしょうか?」と訊いたところが、そのおばさんの言うところでは「この地方の方言で、"fat"という言い方は、〝汗まみれとか汗だく〟という意味だ」と教えられたというのです。たまたまその地方が、イギリスのウォリックシャーからの移民が多い地方だったため、そのためウォリックシャーの古い言い方が残っていたのではないかと考えられます。このウォリックシャーとは、シェイクスピアの生まれ故郷であるストラットフォード・アポン・エイヴォンのある地方なので、シェイクスピアの使う"fat"とは、「体つきが良い」とか「肉付きが良い」とかいう言い方ではなく、「汗をかいている」という意味のほうが正しいのかもしれません。文脈にはこの方があてはまるような気がします。

この『ハムレット』は、シェイクスピアの劇作品中最長と言われています。それは主人公のハムレットがいつまでもぐずぐず長いセリフを言っていたからではなく、その時代背景に原因がありました。というのは、『ハムレット』というお芝居は、シェイクスピアの存命中から人気があったようで、このお芝居の台本が許可なく、あるいは違法に持ち出されたといわれています。その結果、いわゆる海賊版が多く出回っていたようです。これにはシェイクスピアの所属する一座も困っていたようですが、前にも書きましたようにこの時代には著作権のようなものは存在しませんでしたから、どうすることもできませんでした。シェイクスピアも上演の度に少しずつセリフを変えていたためか、複数のテキストが存在したらしく、シェイクスピアの死後、ファースト・フォリオを出版する際にそれまで世に出回っていたすべてのテキストをまとめた結果、シェイクスピアの作品中最長のものになりました。このお芝居をすべて演じると四時間以上になると言われています。

ここで少し退屈な歴史の話になりますが、ハムレットの伝説は、北欧の古い説話に散見されました。デンマーク人の学者サクソ・グラマティクスによる『デンマーク史』(一二〇〇年ごろ)では、ほぼ完成した物語になっており、フランス人のベルフォーレがそれをかなり自分なりに自由に翻訳して『悲劇物語』(一五七〇年)に収録し、それがイギリスにわたって、おそらくはそれを種本にして、トマス・キッドが『原ハムレット』(一五八〇年ごろ)を書いて、さらにそれを基にしてシェイクスピアの『ハムレット』が書かれたとされてきました。この『原ハムレット』は存在しないため、シェイクスピア作品という考え方もあるようです。

シェイクスピアが『ハムレット』を書いたころ、『ハムレット』のなかでデンマークのエルシノア城として登場する実在のクロンボー城にいたデンマーク王は、エリザベス一世の即位の翌年の一五五九年に即位したフレデリック二世という王様でした。この王様は酒好きで有名で、ハムレットの叔父のクローディアス王のように、国王が杯を挙げるたびに大砲を轟かせることでヨーロッパじゅうに知られていました。本来『ハムレット』の舞台は、ヴァイキング時代のデンマークのはずなのですが、シェイクスピアが舞台としたのはまさにフレデリック二世のルネッサンスのころの城が舞台でした。ハムレットがデンマーク人の鯨飲を批判的に述べるセリフもフレデリック二世の宮廷のことを言っているようです。

考古学的には石造りの城はヴァイキング時代にはまだなかったはずですし、ハムレット王子はドイツのウィッテンベルグ大学に留学したことになっています。これもシェイクスピアの時代錯誤で、一五一七年にマルティン・ルターがプロテスタント運動を始めたことで有名です。またヴァイキング時代のウィッテンベルグには大学は存在しなかったでしょう。その当時集落ぐらいはあったかもしれませんが、仮に人が住んでいたとしてもヴァイキングに襲撃されて、落ち着いて勉強などできなかったことでしょう。

ついでに言わせてもらえば、一〇一六年から一〇三五年までイングランド南部は、デーン人のクヌート王の支配下にあったため、いわばデンマークの属国のような立場にありました。その意味でも、デンマーク王が人をイングランドに送って、その人間の首をはねるように命令を下すくらいのことはありえたかもしれません。

ドイツのウィッテンベルグ大学に留学中だったハムレット王子が、父王ハムレットの崩御の知らせを受け帰国してみると、喪中であるはずの母ガートルードが叔父であるクローディアスと再婚していました。ここで注意しなければならないのは、観客の立場としては、主人公ハムレットの立場でこの状況を見ていますけれども、ハムレットとホレイショ以外の登場人物たちの視点で見たときに、当然他の周りを取り巻く登場人物たちは、このクローディアス王を正当な国王としてみなしていますし、とても力強く頼もしい王様という風に見られています。国内だけでなく、前王ハムレットに父親のノルウェー王を決闘で殺されているノルウェーのフォーティンブラス王子の動きも抜かりなく察知して、冷静沈着に対応して、フォーティンブラスの機先を制するようなことまでして見せています。先王ハムレットの急死直後の混乱を鎮め、王位継承の正当性を認めさせるためにも先王の王妃であるガートルードと結婚することもある意味自然なことでしょうし、クローディアスのガートルードへの態度から判断して、ガートルードに見せる愛情もただの打算からくるものではなさそうです。もしクローディアスがシェイクスピアのリチャード三世のようなただの悪人だったならば、ただちにハムレットを抹殺することを考えたり、何らかの理由をつけてデンマークから追放する手段を考えたりしていたかもしれません。でも、あえてそこまではしようとせず、留学を続けたいと願うハムレットをそばに置いておこうとさえしています。何か簡単には割り切れないものが感じられます。

またハムレットとホレイショ以外の登場人物たちにとって、クローディアス王は外交手腕にたけたエネルギッシュな王であり、ポローニアスをはじめ、ローゼンクランツやギルデンスターンにとっては、ハムレット同様忠誠を尽くすべき国王であり、ガートルードにしてもクローディアスと再婚することで、ハムレット王子が次の王になるという可能性は十分にあると判断することでしょう。

このお芝居は、三重の復讐劇から成り立っています。最初にクローディアスが先のハムレット王を殺害して、その復讐の過程で、ハムレットは人違いからポローニアスを殺してしまい、さらにお芝居全体の背景として、ノルウェー王子フォーティンブラスの物語があります。これは先に述べました、クヌート王の時代背景とかなり一致しています。先のノルウェー王フォーティンブラスは、先王ハムレットとの決闘で命を落としますが、その日はハムレット王子の生まれた日であり、墓堀人夫が初めて仕事に就いた日でもありました。死んだハムレット王の亡霊で始まるこのお芝居は、亡霊となったハムレット王の殺した人物の息子がデンマークの王位を引き継ぐという、デンマークへの復讐を断念させられた人物に思いがけずデンマークが託されることになる形で決着します。メイン・プロットでは復讐するはずのハムレットは、ポローニアスの事件では復讐される側となり、報復が報復を呼び、すべての復讐が成し遂げられた結果訪れるものには何か納得のいかない、しっくりしないものが残ります。

そして、クローディアスがハムレット殺害を計画するのは、劇中劇を見た後のことであり、そのお芝居とは、自分の兄を殺して王位を奪う話ではなく、自分の叔父を殺し、王妃を奪い取ろうとする甥のことを描いたお芝居を見せられてからなのです。ハムレットのオイディプス・コンプレックスを表わしているのか、この自分の叔父を皮肉ったお芝居にハムレットの悪意を見てとったからこそ、クローディアスとして身の安全を考えたのかもしれません。

ハムレットにとって自分の本心を隠すために狂気を装っていますが、自分の本心を語ることができるのは親友のホレイショだけであって、これ以外の人には、恋人と思われたオフィーリアにも狂気を装わなければなりません。母親のガートルードは、前の夫のハムレット王のときと同様、クローディアスに完全に依存しています。クローディアスとの再婚はあたかも最初からそう仕組まれていたかのように、クローディアスとガートルードだけでなく宮廷の周りの人間たちにも当然のことのように受け入れられています。ハムレットはクローディアスを嫌っていますが、自分から母親を奪われたという ことが憂鬱の原因のように思われます。ハムレットとしては、ガートルードがおそらく本能的に父王ハムレットに依存したのと同様クローディアスにも依存しようとしているのが理解できないし、許せないのでしょう。恋人であるはずのオフィーリアは、お芝居の最初の方で、兄のレアティーズのことばに「簡単には従わないぞ」というような態度を見せますが、父親のポローニアスの命令には、「お言いつけに従います。お父様」といたって従順であり、ハムレットの真意を探るためのおとりにされます。そのため、これを悟ったハムレットの信頼を失い、オフィーリアは狂気へと追い込まれていきます。

小田島雄志によると、普通のお芝居は登場人物同士の対話によって成り立っています。そのため仮に二人の登場人物の間に争いがあったとしても相手と同じ土台に立っている必要があります。それにもかかわらず、ハムレットの場合、周囲の登場人物たちとは、よって立つ土台が違うため対話がかみ合っていません。したがって、ハムレットの独白同様、ガートルードやオフィーリアに話しかけるときも「独白」になってしまいます。

ハムレットとしては母親にも恋人にも裏切られたと知って、その女性不信は頂点に達します。ハムレットの「弱きものよ、汝の名は女なり」という一言から自分の母親から、女性一般さらには人間一般へと広がり、当然の結果としてその不信感のなかに自分自身をも取り込むことになり、自殺願望へとつながっていきます。自分自身も含めた人間不信に陥ってしまった以上、他人と自分をつなぐ回路は閉ざされてしまいます。

またノースロップ・フライによると、ハムレットの有名な"To be or not to be"というセリフについて、「このセリフの神秘的な部分は、一連の不定詞からなるが、これは動詞でもなく名詞でもなくつまり行動でもなく事物でもなく、それは存在の中心に一種の空虚すなわち無として意識を見せる世界なのである」と説明しています。繰り返しになりますが、何が善で何が悪なのかという価値基準を失って、何を信じて行動すればよいのかわからなくなった結果"to be or not to be"とつぶやくハムレットに、ポローニアスの命令を受けたオフィーリアが出会いますが、オフィーリアの言動にポローニアスの影を見て取ったハムレットは、オフィーリアはもはや味方として頼りになる存在ではないと判断してしまいます。そしてその後に「尼寺へ行け」というセリフが続くことになります。親友ホレイショのようにオフィーリアとの共同戦線を張れないと判断したハムレットとしては、オフィーリアから距離を置くしかなかったのかもしれません。その後の劇中劇の場面でもハムレットは「尼寺」のときと同様、娼婦にでも使うような言葉をオフィーリアに投げつけます。事情が呑み込めないオフィーリアとしては混乱するだけでしょう。

そういった状況下でのハムレットの「尼寺へ行け」というセリフこそハムレットの裏返しの愛情表現だったという指摘があります。最初に狂気を装ってオフィーリアの前に現れたときに何も言わずにじっと見つめたのは、自分の復讐計画にオフィーリアを巻き込むのをためらった結果ではないかという指摘もあります。ただそのうえで、オフィーリアを通してハムレットの計画はポローニアスに筒抜けになると判断した以上、早く「ここから」立ち去るように仕向けることしかできなかったのかもしれません。

オフィーリアにしてみれば、恋人と思っていたハムレットは狂人となり、兄はフランスに留学してしまい、父親のポローニアスをハムレットに殺され、その挙句ハムレットはイングランドに送られてしまい、それまで優しく接してくれていたガートルードにさえ拒絶され、頼るものを完全に失って、精神に異常をきたしてしまいます。「デンマークは牢獄だ」というハムレットのセリフがありますが、本当の牢獄を経験したのはオフィーリアのほうかもしれません。絶望のなかで精神の独房に追いやられ、狂気のなかで歌を歌い、教会からは「自殺」と断定される死に方をしてしまいます。

そういえば、ヤン・コットというポーランド人のシェイクスピア学者が、このハムレットのセリフについて面白いコメントをしています。ハムレットのエルシノア城では常に誰かが誰かを見張っているというのです。ポローニアスはパリに行く自分の息子を見張らせ、クローディアスはハムレットの幼馴染たちにハムレットを見張らせ、さらにはオフィーリアを使って、ハムレットを監視しようとします。この「見張る、監視する」という言葉はジョージ・オーウェルの『一九八四年』を思い出させます。ポーランド人として、ソ連の衛星国だったポーランドで生きたヤン・コットはまさに『一九八四年』の世界に生きていたということが想像されます。一九一四年に生まれ、ナチス・ドイツの侵略を受け、地下運動に参加したり、ソ連の裏切りを経験し、戦後はソヴィエト・ロシアの衛星国となって、一九五六年の「スターリン批判」の後でポーランドのポズナニ暴動やハンガリーで動乱が起こり、軍隊に鎮圧されたりしています。ヤン・コットという人物は歴史の残酷さのなかを偶然による幸運の繰り返しのおかげで生き延びた人間としてシェイクスピアを見ているわけで、その視点を借りて、エリザベス朝の宮廷を考えた場合に、シェイクスピア自身もヤン・コットが経験したのと同じようなお互いが監視しあっていることを覚悟せざるを得ない社会を生きていたということであって、どちらの人物もそのことをいやというほど知っていたに違いありません。

シェイクスピアともある程度は親しかったエッセクス伯が反乱を起こす前日にシェイクスピアの『リチャード二世』をグローブ座で上演させて、民衆まで扇動しようとしたようですが、その翌日にはエセックス伯をはじめ反乱に加担した全員が逮捕されました。シェイクスピア以下の劇団も嫌疑をかけられたのですが、そのときはうまく言い逃れをして、エセックス伯が処刑された後も、生き延びてその後もお芝居を作り続けています。まさに危機を回避することが天才的にうまかったといえるでしょう。

そして、オフィーリアの死を境に、ハムレットは悩むのをやめて行動の人に変貌します。イングランドに行く途上、デンマークに戻った墓場の場面では、ハムレットはレアティーズに自分はオフィーリアを愛していたと言い争いのなかではっきりと宣言します。そして舞台は、最後の決闘の場面へと移っていきます。

この決闘の場面でクローディアスのみならず、ハムレットとレアティーズ、そしてガートルードまでが死ぬことになります。ただし、この場面でハムレットとレアティーズが和解できたことだけが救いであり、お互い許しあうことができたことで、復讐は完結したということでしょうか。レアティーズとの決闘に向かう前にハムレットがホレイショに "Readiness is all"「覚悟がすべてだ」と語るその一言にそれまでのハムレットの行動のすべてが最終段階で収束していると思います。そして最後にハムレットのいまわの際の言葉、"The rest is silence."「あとは沈黙」というセリフにハムレットのみならずシェイクスピアの思いが込められていると思います。この「沈黙」とは、この後の『マクベス』の最後の独白や『リア王』のコーデリアのセリフともつながっていくものがあるように思いますがいかがでしょうか。

◉『オセロ』

『オセロ』というお芝居を考えたときに、シェイクスピアという人物はひょっとして女嫌いだったのだろうかと思うことがあります。デズデモーナという女性は、貞淑で従順で、信心深く控えめで、女性としての良いところをすべて持っているような理想的な女性であるにもかかわらず、結果として夫であるオセロを破滅させることになってしまいます。どうしたことでしょうか。所々で、デズデモーナを貶めるようなセリフがあります。自分の父親のブラバンショーを騙して、オセロのもとに走ったり、夫のオセロに対しては、常に従順であって、オセロの部下だったキャシオーの相談にも快く応えているにもかかわらず最終的にオセロを自殺へと追い込んでいます。夫のオセロや、自分の周辺の人物たちに一切の悪意を持たないにもかかわらず、自分の父親をはじめとして自分を取り巻く人間を破滅へと導いていています。これこそシェイクスピアの考える人生の皮肉なのかもしれません。デズデモーナのしたことは、オセロを愛したこと、そしてオセロと結婚したことだけなのです。そのために父親を死に追いやり、オセロを破滅させ、自分自身も破滅することになります。

デズデモーナはジュリエットよりおそらく何歳か年上で、オフィーリアと同じくらいかあるいはもう少し年上だったのかもしれません。ヤン・コットによれば、この二人とも「成熟した女性である」としています。つまりは、ある程度自分なりの判断ができたということでしょう。また、ヤン・コットが指摘するように、「デズデモーナは従順であり、同時に頑固なのだ。彼女はある点まで従順なのだが、その先は情熱に支配される」女性のようです。そのため、ロダリーゴーというイアーゴによって道化役にされた登場人物からの結婚は拒否するけれども、父親への相談もなく自ら進んでオセロと勝手に結婚してしまうのでしょう。また潜在的に蓮っ葉なところがあるという指摘もあって、オセロに夢中になっているのと同時に、先ほどのロダリーゴーのみならず、イアーゴやキャシオーも虜にしています。

第一幕第三場での父親のブラバンショーがオセロとデズデモーナとの結婚をしかたなく認める場面でのセリフで、「気をつけられよ、ムーア殿、目があるならば。父親をたばかった女だ、やがては亭主もな！」という不吉な言葉を投げかけますが、その段階ではオセロはその言葉を聞き流しています。でものちの場面でイアーゴに「あの方はあの若さであれだけのことができるのですから」（第三幕第三場）と言われると今度はそろそろオセロ自身がデズデモーナへの不信感を募らせてデズデモーナのすべてが信じられなくなっていきます。なぜかイアーゴを疑うことを知らないオセロはデズデモーナのそれまでのふるまいから、「デズデモーナは自分を裏切るのかもしれない」から「自分を裏切ったのかもしれない」という考えに取りつかれていきます。さらにイアーゴの計略もあってかオセロ自身がデズデモーナを恐れるような振る舞いを見せ始めます。イアーゴの「あの方はあの若さであれだけのことがお出来になるのですから」(第三幕第三場)という言葉で、オセロの疑惑が飽和点に達したとき、オセロにとって天使が悪魔に変わったのでしょう。

デズデモーナとしては、自分の思いもよらないところで自分の最愛の夫が自分への不信感を募らせていきますが、それについては想像もできずにいるわけです。デズデモーナにすればまったくの濡れ衣なのですし、自分を陥れるための恐ろしい計画が進行中だということにまったく気が付いていないのです。デズデモーナはなぜ死ななければならなかったのか。ひょっとして本当にシェイクスピアは女嫌いだったのでしょうか。シェイクスピア自身も、ごく若いときに一見従順で、親切で、貞潔に見えた女に騙されて結婚した過去があるということなのでしょうか。あるいは、どんなに周りから見たら完璧に見える人でも、いわれのない不幸に見舞われることがあるということなのかもしれません。またはヤン・コットの言うように、デズデモーナは自らの情熱の犠牲になったのかもしれません。

オセロとしては、デズデモーナを殺すことでしか彼女を許すことができず、自分のなかの善悪の決着をつけることができなくなっていたのでしょう。そして事実が発覚したのちのオセロの自殺は何の解決にもなっていないのです。

では、オセロとデズデモーナを破滅に追い込んだイアーゴとは何者なのでしょうか。イアーゴがオセロを陥れた動機は何だったのでしょうか。シェイクスピアとしては明確な動機を示していないように見えます。確かに動機らしい動機は見られないのです。最初、イアーゴとしては、オセロの副官になろうとしてなれなかっただけでなく、ヴェニス人のイアーゴから見たらよそ者のフローレンス人であるキャシオーにその地位をとられたと言っています。また黒人であるオセロが、自分でも気に入っていたデズデモーナと結婚したことなどがあげられると思います。イアーゴがなりたかった副官というのは、運さえよければキプロスの総督にもなれるくらいのものだとさえ言っています。いわば、ひょっとすると小国とはいえ、一国一城の主にもなれた地位だったということになります。その副官の地位に就くためにヴェニスの二人の有力者に頼んだのに自分の願いを却下されたとも言っています。どれくらい大変だったかまではわかりませんが、イアーゴのことですから、相当念入りに周到に根回しをしていたことだろうと想像します。そうであれば、さらにはオセロやキャシオーがイアーゴの細君のエミリア浮気をしていた噂があることが、イアーゴがキャシオーを殺害し、オセロを破滅させる動機ということになると思われます。現代人の目から見たら、『オセロ』というお芝居に登場するエミリアという女性が、そう簡単に浮気をするようには見えませんが、それはルネッサンスという時代の時代精神(Zeitgeist)というものを理解していないからかもしれません。シェイクスピアの時代の観客から見たら、エミリアのような身分の女性ならそういうことは「十分ありうる」ということになったのかもしれません。

現代人からしたら、イアーゴの動機がはっきりしない、見当たらないということから「無動機の動機」ということをいう人もいます。それも一つの考え方かもしれませんが、率直なところ、人間というものは他人から見たらどうでもよいような、取るに足らないと思えることがどうにも許し難く感じたり、あるいはそういった一見ごくつまらないことがなん度か重なることで「堪忍袋の緒が切れる」という状態になることが多くあるようにも思われるのです。現代の日本でも毎日のように客観的には動機のわからない殺人事件が起きているわけですし、まわりにいる人たちにしたら、「とても他人から恨みを買うような人ではなかった」人たちがちょっとしたきっかけで事件に巻き込まれていることが多くあります。そう考えてみると、イアーゴの動機も、本人にしかわからない事情があったのかもしれません。そのことをシェイクスピアとしては、あえてはっきりと明示するのではなく、観客には人間というものは理由にもならないような理由で他人を恨んだり、嫌いになったりするものなのだということを見せたかったのかもしれません。演劇の用語で、"hamartia"と呼ばれるものがあり、これは「主人公が生まれつき持っている弱さ」という風に訳されています。『オセロ』の場合は「主人公の嫉妬」ということができると思います。もともと激情的なところがあり嫉妬しやすいことを見て取ったイアーゴに、新婚でまだ気持ちがうわついていて、心理的に隙だらけのところにうまいこと付け込まれたというところでしょうか。この後に続く『マクベス』の「野心」と同様、主人公が味わった成功の直後の心理の隙間に忍び込んだ悪意の仕業というところでしょう。

イアーゴとしては、イアーゴ自身にしかわからない何らかの理由でオセロを陥れてデズデモーナを殺させることで破滅に追い込み、キャシオーを副官から罷免させ、ロダリーゴーからその財産を巻き上げて、自分よりいい思いをしている連中に仕返しをしてやったというところでしょう。そのためイアーゴに完全にマインド・コントロールされているオセロは、イアーゴの言葉を疑うことなど思いもよらず、イアーゴのいうことを鵜呑みにして二度までもイアーゴの足元に卒倒して、挙句の果てにオセロはデズデモーナを殺すことでしか自分のなかの善悪のけじめをつけることができなくなり、デズデモーナの「死」によってしかデズデモーナを許すことができなくなるほど追いつめられていく結果となります。

しかし、デズデモーナを殺したところで、何の解決にもならないどころか、それから間もなくイアーゴの悪事が発覚し、すべてが明るみに出たところで、オセロ自らも自殺へと追い込まれます。オセロとイアーゴの関係を見ていると、デズデモーナと思いがけずか、結婚できたオセロの自分の成功で舞い上がっているところを狙って「親切な詐欺師」が、その犠牲者をマインド・コントロールすることで「判断不能に陥った人物」を破滅へと導くという構図は現代でも毎日のように目にしたり耳にするように思われます。また、オセロへのマインド・コントロールというのは、自分が気を付けているようでも気が付かないうちに自分が相手の思いのままに動かされているということなのでしょう。コントロールする側のイアーゴは、マキアヴェリアンなのだという指摘があります。けれども、生まれついての根っからのマキアヴェリ主義者であるイアーゴとしては、「マキアヴェリ主義」などと大げさに構えるほどのものではなく、ただ単に自分の「経験知」を使って自分の計画を完成させ、実行に移すことで周りの人間を自分の思い通りに破滅させて見せたというだけのことなのかもしれません。そうであれば、仮にイアーゴを拷問にかけて、なにか自白を強要したところで、イアーゴは何も語らず、自分を拷問にかけて何かを聞き出そうとする周りの人間をただ嘲笑するだけで、何の解決にもならないことでしょう。文字どおり明確な動機など最初から存在しないのかもしれません。

また、ついでながらシェイクスピアの後期の作品で、『冬物語』という作品があります。この作品の冒頭で、はるばる訪ねてきた自分の親友に臨月の自分の細君がにこやかにあいさつしているのを見ているうちに「あのお腹の子供の父親は自分ではなくあの男の方なのではないだろうか」と疑い始めます。そこからこのお芝居が始まるのですが、シェイクスピアという人は、人間というものはほんのちょっとしたきっかけが原因で、仲の良かった夫婦や親友同士が仲たがいすることがあるということを知っていて、そういう人間の弱さを見せることで、上からお説教するのではなく、「こういうことってあるんですよね」という立場で、シェイクスピアとしてはただただ観客を楽しませることを第一に考えてこのお芝居を書いたということなのでしょう。

◉『マクベス』

江戸時代の川柳に「世の中に女ほどめでたきものはなし釈迦もダルマもひょいひょいと生む」というものがあったように記憶していますが、シェイクスピアの『ロミオとジュリエット』をふくめ「四大悲劇」のなかで、子供のことを言及しているのがマクベス夫人だけなので、子供を産んだこともない男性の側から、マクベス夫人のことを解釈しようとしたときにどれだけ彼女の言っていることの本当の意味を正しく掴み取れるかいささか心もとない気がしています。ちなみに史実では、マクベス夫人は、マクベスと結婚する前に別な男性と結婚していたことがあり、その男性との間に一人男の子がいて、その子供がマクベスの死後一時国王となりスコットランドを支配していたようです。その子、ルーラッハを殺害してスコットランドを支配したのが、ダンカン王の子、マルコム王です。

僕の尊敬する先輩で、国文学の研究者がいるのですが、その人は平安朝文学の専門家で、学会からも注目されているくらいの学者なので、いろいろなカルチャーセンターから講演の依頼があるそうなのです。それで、あるときの平安朝文学のうちの日記文学についての講義のことだそうです。平安時代の結婚形式は通い婚でしたから、貴族の男性は一人の決まった女性のところではなく、何人かあちらこちらの女性のところに通っていました。そのため高貴な女性たちは日記になかなか自分のところに夫が来てはくれないといった内容のことを書き留めて、そのときの思いを和歌にして書き添えていたりしました。あるとき有名な日記文学の、ある和歌の箇所の内容について学会で定説になっている解釈を紹介した講義の後、何人かのご婦人方が質問に来られて、そのご婦人方がそのお考えをご披露に及んだのだそうです。そのときに言われたことがなかなか興味深くて、「先ほどの講義で先生はあのようにおっしゃったけれども、子供を産んだことがある女だったら絶対にああいう風には考えない。あの箇所の和歌はこういう意味になるはずだ」と言われたのだそうです。それを聞いてその先生は「あの人たちの方が正しいような気がする」と思えたのだそうです。女性の考えることを男性の側から考えるとやはり無理が出てくるということなのでしょう。マクベス夫人を考える際には気を付けなければならないことだと思います。

それはそれとして、『マクベス』というお芝居は、日本の『四ツ谷怪談』のようにイギリスでは「たたり」のあるお芝居として知られています。今でもイギリスの演劇関係者のなかにはそのタイトルを口にするのをはばかる人もいるようで、もし何かの拍子に劇場内でそのタイトルを口にしたような場合のお払いのための御まじないまであるそうです。小田島雄志がそのことに関連したことについて紹介しているので、少し引用してみます。

一九八〇年オールドウヴィック劇場での上演パンフレットに凶事の実例が列挙されていた。
一六〇六年八月七日ハンプトンコートにおける初演の開幕一時間前にマクベス夫人役の少年俳

優ハル・ベリッジが原因不明の熱病に冒され、あわててシェイクスピア自身が代役を務めている間に死亡したとか。一九三四年マクベス役者がつぎつぎに倒れ、一週間で四人も交替したとか。一九三七年ローレンス・オリヴィエの相手役予定のリリアン・ベイリスが初日前夜死亡し、一九五四年ポール・ロジャース主演の初日、ベイリスの肖像額がおちて粉々に砕け散ったとか。

（小田島雄志、『シェイクスピアへの旅』p.144）

史実によりますと、ダンカン王よりマクベス夫人の方が王位継承権に近く、またマクベス王の方が王位についていた期間も十七年もあって、それなりに平和な時代だったようなのです。それにもかかわらず、シェイクスピアの『マクベス』では、マクベスとマクベス夫人が悪役として描かれてしまっているため二人が怒って「たたり」をするのだという人もいます。歴史好きなイギリス人としては、史実に関係なく、つまりマクベスとの戦闘に敗れ王位を奪われたダンカンを、実はお芝居にあるようにだまし討ち同然に暗殺し王位を簒奪したことにされて、その挙句悪人に仕立て上げられたマクベスとマクベス夫人が怒るのも当然と考えるのかもしれません。

スコットランドを舞台にしている『マクベス』というお芝居は、一六〇一年にエリザベス一世のあとを継いでイングランドの国王になったジェイムズ一世をかなり意識して書かれています。「悪魔学」の著書があるジェイムズ一世をかなり意識した描写が多く登場するのも『マクベス』の特徴で、このお芝居に登場する悪魔や魔女の名前は、ジェイムズ一世の著書からとられていると言われています。

冒頭の三人の魔女も、過去・現在・未来を語らせるという形で登場させていますし、また、ギリシャ神話にも人間の運命をつかさどる三柱の女神が登場します。この「三」という数字には、何か特別な意味があったようで、まだすべてを確かめたわけではないのですが、北欧神話でも、オーディンをはじめとする三柱の神様が世界を創造することになっていますし、ギリシャ神話では、「三」の倍数のオリンポスの十二神が登場します。日本の『古事記』のような神話でも「三」という数字が「アマテラス」、「ツクヨミ」、「スサノヲ」という中心となる三柱の神様の数字ですし、古くから伝わるヨーロッパの民話には、必ずと言ってよいほど「三人兄弟」や「三人姉妹」(『長靴をはいた猫』、『シンデレラ』、『美女と野獣』など)が登場します。また「アーサー王の円卓の騎士たち」も十二人で「三」の倍数となっています。まだこの数字について指摘するだけで、はっきりしたことが述べられる段階ではないのですが、「十二」という数字は、「二」でも「三」でも「四」でも「六」でも割り切れる数字であって、かなり便利な数字だったことが考えられます。そこで、この仲間の「三」という数字は何か特別な意味を持っていたことが考えられるのですが、残念ながら今のところその可能性を指摘することができるだけです。

話を『マクベス』に戻します。シェイクスピアのジェイムズ一世を意識した箇所としては、第四幕第一場に三本の王笏を持った国王の幻影は、イングランドとスコットランドとアイルランドをまがりなりにも支配下に置いたジェイムズ一世を意識したものだということができると思います。史実ではダンカン王を死に至らしめたのは、マクベスだけでなくバンクォも加担していたはずなのですが、ダンカン王殺害はマクベス一人の犯行であって、バンクォはあずかり知らない出来事であったことにしています。そこで、お芝居のなかでは、何も知らないバンクォは暗殺され、何とか逃げ延びたその子のフリーアンスの子孫がステュアート家となり、ジェイムズ一世につながったとされています。ジェイムズ一世のステュアート家はその名前が示すとおり、もとは宮廷に仕える身分から王位に就いたこともあり、スコットランドではジェイムズ一世の先祖たちは相当苦労したようなのですが、そのことはシェイクスピアのみならずイングランドでもよく知られていたらしく、それもあってかジェイムズ一世を意識したお芝居になっているように思います。

ポーランド生まれのヤン・コットは「マクベスは殺人で始まり、殺人で終わっている」と言っています。『マクベス』はヤン・コットが指摘するように、反乱の鎮圧とその結果として反逆者コーダーの領主の処刑に始まり、新たにコーダーの領主となりその後国王になったマクベスが殺されることによって幕を閉じることになります。お芝居の冒頭で処刑されるコーダーの領主はおとなしく従容として死に向かいますが、このコーダーの前領主とはまったく対照的に、マクベスは最後まで抵抗して死んでいきます。スコットランド国王の臣下として、反乱の鎮圧に成功したマクベスは、他の貴族たちに比べより国王の位に近づくことになります。つまりは国王の位が、立場的にも、手の届くところまできたという気持ちが芽生えた結果、心に悪魔が忍び込む隙ができたか、あるいは国王の位に近づきすぎたため、おそらくは心のどこかに潜在的にあるいは無意識のうちにせよ持っていた野心が現実味を帯びるようになったという気がしてきて、そのためにマクベス夫人の後押しで凶行に及ぶことになります。そこで超えてはならない一線を越えてしまったために、もはや自分を止めることができなくなり、そのいきおいはとどまるところを知らず、最後に周りにいる人間すべてを巻き込みながら自分でもどうすることもできないまま壮絶な死を迎えることになったということでしょう。

ここで一つ指摘しておきたいのは、オセロの場合、新婚のデズデモーナには一切の相談をせずに、自分で自分を追い詰めていって、みずから自滅していきますが、マクベスの場合に長年にわたって同じような経験を積んだ中年男性として、オセロとは違って、ともに人生を歩んできたマクベス夫人に自分の野心を打ち明けています。まがりなりにも長い年月を共に過ごしてきた結果がその違いを生むのでしょう。

その結果として、マクベスはスコットランド国王の位につきますが、そこからマクベスとマクベス夫人の転落が始まっていくことになるのです。マクベスとしては、自分が王位に就くことになった際にそばにいた人物をことごとく殺さなければならなくなります。つまり、すでになされた殺人から来る恐怖から新しい殺人へと結びつき、自分の地位を脅かす人間を取り除かなければならないという強迫観念に取りつかれ、周囲の人間もマクベス国王に殺されるかもしれないという恐怖から逃れるためには、国外逃亡するしか生きる道がなくなってしまいます。これは、『マクベス』とよく比較され、このお芝居のプロトタイプのようにも言われる『リチャード三世』にも当てはまる構図として指摘されることもあります。歴史という巨大な歯車が動き出すと、関わりあるすべての人間がその歯車にまきこまれその犠牲になって人が死んでいくことになります。

これはシェイクスピアの生きた時代に一般的な考え方だったと言われる「運命の女神」の回す糸車が回りだすと、その糸車はいったん頂点に達するけれども、その回転はまだ続いていて、糸車が頂点に達した瞬間から没落が始まります。マクベスの場合、スコットランドの国王という頂点を極めた段階で、強迫観念に取りつかれ、最後には自滅同然に殺されていくというものです。マクベスの最後のモノローグは、この後に続く『リア王』につながる世界観を予言しているようにも思えます。

シェイクスピアの描く登場人物たちは、必ず何種類かの解釈が可能な人物たちであり、マクベスとマクベス夫人の間の関係もいろいろなことが考えられると思います。お芝居の冒頭ではマクベス自身よりも、マクベス夫人の方がはっきりとした野心をむき出しにしています。むしろマクベスの方が女々しく、逡巡してさえいます。ここでもヤン・コットが指摘するように、はじめのうちはマクベス夫人の方が男性的であり、夫に男らしさの補償として、「ほとんど愛の行為」としてダンカン王の殺害を要求しています。またさらにヤン・コットは、「性的窒息状態」あるいは「肉体関係における徹底的な失敗」があったのかもしれないと指摘しています(『シェイクスピアはわれらが同時代人』p.93)。

そんな二人がある段階から立場が逆転して、マクベス夫人は過去の罪の意識に押しつぶされるように夢遊病となり、過去の罪を「うわ言」のように告白してしまいますが、逆にマクベスの方は、殺人こそが自分の存在を証明するとでも言わんばかりに殺人を繰り返すようになります。来る日も来る日も殺人を繰り返し心の休まることもなく「眠りを殺してしまった」マクベスとしては、共犯者として秘密を共有していたマクベス夫人に自殺され、それまでかろうじて支えになっていたマクベス夫人を失った絶望感が「明日と明日と明日が……」というセリフに込められているように思います。お芝居の始まりでは、どうしたらよいのかと迷うマクベスの指導者的役割を演じていたマクベス夫人は、無理をして夫の弱気を叱咤していても、マクベス夫人自身の「女性としての良心」の部分が、それを受け入れることができずついには精神を崩壊させてしまったのかもしれません。「これぐらいのことだってして見せる」と言うことはできても、実際に行動に移してしまうこととはまた違うことなのでしょう。

いずれにせよ大きなお芝居のメカニズムによって、マクベスは追いつめられ、ありえないことと考えられたため、最後の心の支えでもあった「バーナムの森がダンシーネンの森に向かって来るまで」という予言も現実となり、その結果自分をそそのかした魔女たちにも裏切られることになります。最後のモノローグ中の「白痴の語る物語」の「白痴」とはマクベス自身のことなのかも知れませんし、あるいはシェイクスピア自身のことを言っているのかもしれません。どんなにこの世で有名になり、世間に騒がれるほどになって、国王の御前でお芝居を上演ができるようになっても、明日には忘れられる運命だということなのでしょうが、お芝居の最後に、王国の繁栄を期待させる終わり方は「四大悲劇」のなかで唯一であり、シェイクスピアとしては抜け目なくジェイムズ一世を意識してのことなのでしょう。

◉『リア王』

『リア王』の舞台は、キリスト教がブリテン島に入ってくる前の時代が舞台になっています。そのため、このお芝居のなかで言及される神々は異教の神であり、またお芝居の設定そのものがおとぎ話を思わせるものになっています。にもかかわらず話の展開はシェイクスピアの作品を代表する悲劇となっています。『リア王』の始まりは、リアの三人の娘たちへの遺産相続の話で始まっています。遺産相続という昔からどこにでもあるような定番のテーマであって、シェイクスピアのすごいところは、このホームコメディの定番のテーマを広大な悲劇に仕上げてしまったことでしょう。シェイクスピアの「四大悲劇」の主人公たちは、狂気を装ったハムレットを除いてことごとく「脳みそを半分どこかに置き忘れてきたような」人たちですが、このリア王はそのなかでももっともこの特徴が当てはまるように思います。

シェイクスピアの『リア王』は、現在知られているものとは別に『原リア』と呼ばれるものが存在します。このお芝居ではグロスター家の副筋がなく、また道化も登場せず、物語がハッピーエンドで終わっています。そのため、このお芝居は、のちの『リア王』の初期のバージョンである可能性が指摘されています。この『原リア』では、レアは娘のコーデラと和解し、再び王位に就くことになります。また、フランス王は巡礼に変装して、イングランドに出かけていき、ここでコーデラに遭遇して、ロミオのように恋に落ちたりしています。また、領地を三分割する話は、ランカスターのヘスケット家に伝わる娘たちへの財産分与の伝説を基にしているという説があり、このことからシェイクスピアがロンドンに現れる前の一時期シェイクスピアがランカスターで暮らしていたことがあるという説の根拠ともなっています。

前置きが長くなってしまいました。リアは老齢を理由に自分の三人の娘たちに自分の王国を分割しようとします。そこで三人にどれほど自分を愛しているか語らせます。リア王が娘たちに対して行なった見え透いた愚かな愛の口頭試問の返答を見れば、これまた上の二人の娘ゴネリルとリーガンは偽善者でうそつきであることは誰が見ても明らかです。しかし同時にノースロップ・フライが指摘するように、この二人にとってもそのような言葉を発しなければならないという状況は明らかに屈辱的なものでしょうし、さらにお芝居の冒頭からのリアのセリフから判断して、この二人の娘に対して本当の愛情を見せてはいないのです。確かにフライの言うように、この二人のような人物を愛することは至難の業でしょうが、この二人をこういう人物に仕立てたのもリア本人であるのは間違いのないことなのです。リアも娘たちに本来数値化不可能であるはずの「愛の量」を示すという交換条件を出していいます。さらにリアが娘たちに言ってほしい言葉は、リアがいかに娘たちに寛大で親切でありどれだけのものを与えてやったかであり、娘たちはリアに対してどれだけ感謝すべきかということだけなのです。またリアとしてはコーデリアが自分の一番のお気に入りであって、それからそのあとのやり取りからわかるように、ゴネリルもリーガンもそのことはよく承知していますし、リアの宮廷においては周知の事実なのです。リアの性格をよく知っているこの二人はリアは若いころから激しやすかったけれど、年を取ってからさらにひどくなったと言っています。そのため、コーデリアが受けた仕打ちをいつ自分たちがリアから受けることになるかわからないことから用心しなければならないということをいやというほど承知しているのです。そしてそれを実行に移せるだけの権力をリアが持ったままにしておくわけにはいかないと判断したということで二人の意見は一致しています。

再度フライに登場してもらいますが、武装した百人もの騎士を連れていては、仮にリアにその気がなくともいつでも自分たちの館を占拠される恐れがあるということもあるのです。ゴネリルとリーガンはリアに対して無慈悲であり、魅力に欠けるけれども、冷静さとある種の現実的な常識だけは決して失わずに持っているのです。確かに百人もの屈強な騎士たちが、一ヵ月もの間やりたい放題のうえに、自由に飲み食いをした場合の経済的負担を考えたときに、一家の主婦でなくても、「あの者たちは品行方正だ」という言葉だけでは担保にはなりえないでしょう。結果、リーガンの城を追い出されると食べ物にありつけないと判断した騎士たちはあっさりとリアに見切りをつけ、どこかへいなくなったようです。この段階では、リアの言う「向う見ずな家来ども」は事実上道化ただ一人になってしまいました。

この道化という存在は、愚かさからくる滑稽な振る舞いや、言葉で文字どおり人の笑いを誘うようなたとえば『から騒ぎ』のドグベリーや『真夏の夜の夢』に登場するボトムやその仲間のアテネの職人たちのことを言うのでしょう。それとはまた別に、『お気に召すまま』のタッチストーンや、『十二夜』のフェステのような職業的な道化があります。

特に『リア王』で"fool"(道化、阿呆)という言葉は、リアの道化に対してだけでなくいろいろな人に対して使われています。特に、オールバニー公やエドガーのような高潔な人物に対しても使われており、「犠牲者は道化」という意味において「道化」であって、犠牲を強いられているという意味においてのすべてのまともな登場人物に対して使われています。そして、シェイクスピアの『リア王』のなかでは、道化の狂気が大きな役割を演じています。そのことについて見る前にこのお芝居の宇宙観について概観してみたいと思います。

ノースロップ・フライは以下のようにまとめています。シェイクスピアの時代のほとんどの人たちは、善人が宇宙の上位を占め、下位を悪人が占めることを当然のことと考えていました。そこで当時の人たちは世界が四層でできていると漠然と考えていたようです。少し借用してみます。

1．神のおわす最上天

2．神がアダムとイヴを住まわせていたエデンの園。そこは人間の本来のすみかのはずでした。

3．現在私たちが生まれてくる世界。動物や植物はうまく適応しているようですが、人間はうまく適応できずに苦悩しています。この位相では、人間は罪を犯すことで、動物が行くことのないその下の位相に落ちていくか、あるいは本来人間が住むはずだったかつてアダムとイヴの住んでいた上位にある第二の位相に近づく努力をしなければなりません。その手助けとなるのが、神への信仰あるいは人間世界でのしきたりを守ることであって、道徳、美徳、社会秩序、宗教儀式などが、人間の内部にその世界の一部を取り戻すことを可能にさせています。アダムとイヴの「エデンの園」はもはや存在しませんが、いわゆる高い教育を受けた「賢人たち」がその痕跡を見つけ出すことがあると考えられていました。

4．第四の世界が魔物の住む世界で、それが何であり、どこにあろうと、荒野の嵐のような自然現象と結び付けられて考えられていました。そのいわゆる「ビースト、魔物」の住む世界は、人間界の下層あるいは外側にあると考えられていました。ということは、この世界は縦に長くつながっていると同時に、人間世界の外側にいわゆる魔界が広がっていたということができると思います。その当時はまだ町の城壁の外には手つかずの自然が広がっていて、追放された罪人や野生の動物が住み着いているのが当たり前でした。そのため、町をかこっている城壁の外に出るということは、人間世界の外に出て、魔物の住む世界に入るということに等しかったと考えることができます。

（cf.『ノースロップ・フライのシェイクスピア講義』pp.194-195）

シェイクスピアの観客にとっては、リアの住む世界は、キリスト教が持ち込まれる前の世界で、キリスト教の神が不在の世界では神々は自然現象あるいは「運命」が神格化され、擬人化された女神として呼び掛けられたりしています。同時進行している世界であるにもかかわらず、上位に存在する第二層の世界として社会性、人間性が自然なものとして存在している世界があります。そこでは愛、忠誠、(オールバニーのような人の)良心に代表される世界であって、その下に存在する第三層の即物的な感情の支配する世界では、人間は人間として生まれていながら、強いものが弱いものを食い物にするという弱肉強食の世界であって、他人を思いやることなく自分の欲望や感情に忠実なものだけが生きてくことのできる世界になっています。その世界ではエドマンドは自分の策略で兄のエドガーを追い落とし、コーンウォールはグロスターがリアをコーデリアがいる敵側に逃げるのを手助けしようとしたという裏切り行為に腹を立て、グロスターの両眼を抉り取ることまでしてしまいます。この世界では、ゴネリルやリーガンそしてエドマンドのような人たちはとてもうまく立ち回っているように見えます。

神はエデンの園に人間を住まわせようとしましたが、アダムとイヴは楽園から追放され、堕落した世界へと落とされました。神のおわす天国は自然界の上位に存在し、魔界は自然界の下に存在すると考えられます。人間の住む自然界は二つの位相と二つの基準が存在するように見えます。そしてエドマンドが「自然の女神」に自分をゆだねるとき、エドマンドは自然のより下層に属する物質的で即物的な世界に落ちて行ったことを意味します。

このように考えることで、第二と第三の世界で、「自然」として定義されているものが違っていることがわかります。天の神につながる高潔さをもった人間世界と、強いものが弱いものを食い物にする人間界を支配する「自然」が存在するということです。その世界では、ゴネリルやリーガンそしてコーンウォールやエドマンドのような人たちはやりたい放題に見えます。それに反して、コーデリアやエドガー、ケントそして、リアのような人たちは苦しみのなかでもがいているように見えます。そういった状況のなかで、ゴネリルのいうリアの連れている百人の騎士は多すぎるという判断や、リーガンのいうリアだけなら歓迎するけど、お付きは一人だってお断りという判断はある意味「ごもっとも」なことなのでしょう。しかし、この一見常識的な判断は、下位の自然に従ったものであって、下位の法則に従っているゴネリルやリーガンそしてエドマンドのような人たちは、オールバニーのように良心的な人物は自ら進んで、そのような法則を受け入れることのできないためにゴネリルから「阿呆の説教屋さん」と呼ばれている始末です。つまりこのお芝居では悲劇の被害者たちは道化扱いされているわけで、道化こそが神に近い存在ということになります。そして、リアの道化の言葉にこそ神の真理がこめられているということなのです。

リアは自分の王国を手放してしまいたいという思いと同時に、王位を失っても暴君として君臨し続けようとします。この矛盾についてリアの道化は教えようとしますが、リアはそれを理解することができず、下位の法則にしたがって生きるゴネリルからはこの道化は「道化というよりは悪者」と呼ばれています。ヤン・コットはこの道化について、「純粋理性批判」として存在していると言っています。『リア王』の登場人物たちをこの道化というフィルターを通してみると、どういう人物かがはっきり見えてくるという意味では面白い説明だと思います。つまり、上位の自然に結びついているが故に、下位の野蛮な自然の法則に従っている登場人物たちからは理解されることのない「狂気を語るもの」ととらえられているのです。また、リアの道化はシェイクスピアの描く道化のなかでその頂点にいるため、他のフェステやタッチストーンのように名前さえ与えられていないのです。いわばリアの道化は合理主義者などではなく、上位の自然あるいは、神に近い存在という立場から本当の狂気というものは、この世界が「理性で動いている」と考えることだと知っているのです。ことにリアがしがみついている封建的秩序は不条理だと知っているため、リアが自分以外に王と呼べる人間はいないと思っている「そのこと」こそが滑稽であり、さらにはリア自身が自分の滑稽さに気が付いていないという事実が道化にはなおさら滑稽に見えているのです。

この世の見せかけの正義や秩序をまったく受け入れようとはせず、リアやグロスターが期待する勧善懲悪の秩序に希望を見出したりはしないのです。それにもかかわらずこの道化はこの滑稽で貶められた暴君のそばを離れようとはせず、リアの狂気の道連れとなって、常に行動を共にします。これはこの道化に与えられた役割の一つとしてリアの娘のコーデリアの分身あるいは化身として存在しているのでしょう。コーデリア自身も下位の自然の法則には従おうとはせず、リアの怒りを買い追放されます。

ここでコーデリアの名前に注目してみたいと思います。Cordeliaという名前は、Cœur-de-Learという風に分解できると思います。つまり、「リアの心(良心)」と考えることができると思います。暴君でありながら、かろうじて残っているリアの良心を象徴する存在としてコーデリアと道化がいて、コーデリアが追放された後、リアを見守るように道化はリアにつき従います。

リアとしては、国王としてのアイデンティティを奪われるということは、リアの言葉を借りれば「殺人に勝る不逞の仕業」であって、国王という意識を奪われた以上狂気に向かうしかなくなってしまいます。ハムレットが狂気を装ったのはクローディアスやクローディアスのスパイたちから本心を隠すためだけでなく、その狂気は一つの哲学としての役割をもっていて、デンマークという牢獄を支配する理性に対する「純粋理性批判」という意味合いを持っていました。さらに『リア王』というお芝居の嵐の場面は、リアの狂気が見える形にして舞台上で表現しています。リアが狂気を経験することで、人間本来の正常な理性や洞察力や判断力を取り戻していきます。狂ったリアがグロスターに再会したときに、リアはグロスターに「奴らはわしを全能だと言いおった。真っ赤な大嘘じゃ。わしにも瘧《おこり》は防げん」(第四幕第六場)。またエドガーがリアのことを「気ちがいの正気」(同)と観るように、少しずつ正気を取り戻していきます。そしてグロスターに「わしらは生まれてくると泣く。こんな阿呆ばかりの大舞台に引きずり出されたのが情けなくてな」(同)というセリフは、リアが正気を取り戻しつつあると同時にリアの狂気にも筋道の通ったものがあり、『リア王』における狂気は馬鹿げたことのなかに真理を見出す道化の立場へと移る手段なのです。

リアの道化が舞台に登場するのは、リアの転落が始まった第一幕第四場からで、第三幕が終わるころには消えてしまいます。道化の最後のセリフは、「こちとら正午になったら寝るとしよう」というもので、世間一般の常識を無視したセリフの後まったくその姿を消してしまいます。これは一人の役者がコーデリアと道化の役を掛け持ちしたからだという説明もあります。実際、『リア王』の初演では、一人の俳優が二役を演じたという記録もあるようです。でも、というよりはむしろ、リアがここまでに道化の哲学から学ぶだけのものを学んでしまった結果だというヤン・コットの指摘の方が正しいような気がします。この後、第四幕では、リアはグロスターに道化の言葉で、道化と同じように語りかけていくのです。

『リア王』のサブ・プロットとしてのグロスターのエピソードは、リアの分身としての役割を持ち、エドガーもリアの道化と同じ役割を父親のグロスターに対して演じています。ミニ・リアとしてのグロスターは、その悲劇の原因は自分が売春宿に行ったことへの結果だと説明が付きます。その結果として庶子のエドマンドが生まれたことのいきさつをケントに説明する場面があります。ノースロップ・フライが指摘するようにプチ・リアとしてのグロスターの姿はあるいは山高帽をかぶった英国紳士のようでもあり、同時にいやしい身分のエドマンドの母親にはかなりひどい仕打ちをしたように思われます。そのため、母親の受けた仕打ちを目の当たりにしたことがエドマンドの性格を形成していったのかもしれません。

そしてリアに対する忠誠心のために両眼を失ったグロスターに、正気をなくしたこじきに身をやつしたエドガーが付き従って、自殺しようとするグロスターを思いとどまらせ、救済しようとします。これは『リア王』のメイン・プロットをなぞっているようです。ただ、グロスターの悲劇の原因は説明がされていますが、リアの場合の悲劇の理由は思い当たる理由はあるようで、どれも決め手に欠けるように思われます。リアの悲劇の巨大さゆえに、人生の本当の不条理はどこから来るのか何が原因になるのか容易には読み取れないということなのかも知れません。

エドガーはグロスターを立ち直らせる努力をするなかで、エドガーはグロスターに対して人間は与えられた寿命が尽きるまで待たねばならないし、「覚悟を決めて待つことです」と諭すのです。このセリフは、『ハムレット』の最後のレアティーズとの決闘に向かう直前の主人公ハムレットの言葉を思い出させます。そしてサブ・プロットがメイン・プロットと交差するなかで、フライが指摘するように佯狂のエドガーが狂乱にあるリアに出会うことでリアの狂気に鏡を突き付けているのです。

また、絶望のどん底にあるグロスターの「神々の手にある人間は腕白小僧につかまった虫けらも同然、気まぐれ半分で人間を殺すのだ」というセリフは、シェイクスピアの無常観であると同時に、『老子』に出てくる「藁の犬」のたとえ話を思い出させます。『老子』の場合、天は愛することもせず憎しみもしないという意味での「たとえ」ではありますが、絶望した人間には同じことなのかもしれません。リアと同様終末論を信じているグロスターは、自分に降りかかってくる不幸の原因が何かよく知っていますから、そこに神々を登場させて説明する必要はまったくないわけなのです。シェイクスピアが信じていたものは何だったのか、あるいはカトリックだったのか、英国国教会だったのかはわかりませんが、観客が何を受け入れ、何を受け入れないかはよく知っていたはずです。そして、このセリフはグロスターが何か神秘的な人間を超越するものが存在することは知っていることを示しています。

リアの心の状態を表現する嵐の場面の後、登場人物たちの色分けがはっきりしてきます。そして、リアを追い詰めた側の自己崩壊が始まりエドマンドはエドガーとの決闘に敗れて死んでいきます。エドマンドは死ぬ間際に刺客を送って、リアとコーデリアを秘かに殺すように命じたことを告白し、そこへコーデリアの死体を抱いたリアが登場するのです。

コーデリアは最初の遺産分けの場面で、「何もありません（Nothing）」と答えたためにリアの怒りを買いますが、コーデリアとリアが捕らえられて牢獄で再会する場面で、リアとコーデリアは和解します。コーデリアに許しを請うリアに対して、コーデリアは「（恨む理由は）何もありません」と答えます。この場面は、最初の場面の「対」になっていますし、ミルワード先生が言っているように、リアがコーデリアだと気が付いたときに、わが目を疑うリアに対して、「わたしです。（And so I am, I am）」と返答しています。このコーデリアの返答は、モーセが神にその名前を問うたときのモーセに対する神の答え「ありてあるもの（I am that I am）」を思い出させるもので、この瞬間、神とコーデリアは同化したことを示しています。それによってコーデリアの遺体を抱いて嘆くリアの姿は、イエスの遺体を抱いて嘆く聖母マリアの姿と一致するもので、娘と父親という形に入れ替わってはいますが、このお芝居はシェイクスピアの「ピエタ」だということになると思います。さらにリアがコーデリアは生き返ったと勘違いすることで、リアが歓喜のうちに息を引き取ることになります。そしてこの場面はキリストの復活を暗示しているようにも思います。いかにお芝居とはいえ、一度死んだはずの人間を生き返らせることには抵抗があったために「生き返った」と勘違いさせることにしたのではないだろうかと考えています。お芝居そのものは、暗澹たる雰囲気のなかで幕を閉じることになりますが、神の復活とその救済を暗示する幕切れになっているということに一抹の救いがあるように思います。

そして、ケントは、リアに言っているように本当の「威厳」をもった主人に仕えたいと考えています。そしてお芝居の最後に「ご主人様に永のおいとまを申し上げげに参りました」というとき、もちろんケントはリアのことを言っていますが、ケントはリアの死の数行あとで、「わたしは間もなく長い旅路に……ご主人のお召ですから否とは申せません」というケントのセリフは殉死を暗示しているのかもしれません。

最後に、シェイクスピアはエドガーがグロスターに語る最後のセリフとして、「覚悟がすべてです(Ripeness is all)」と言わせています。コーデリアの男性版を演じているエドガーは、コーデリアの役と道化の役を同時にこなしているとも言えますが、この“ripeness”という言葉にはシェイクスピア独特の深い意味が込められているように思います。この場面は、コーデリアの率いるフランス軍がイングランド軍に負けて、リアとコーデリアが捕虜になったと聞いた途端、グロスターがショックのあまり「ここでこのまま野垂れ死にする」と言い出したグロスターに対して、「生まれるのも死ぬのも人間の自由にはならないのです」と諭すセリフの後に続いています。ユダヤ教やキリスト教の考え方では、人間の生まれるときと死ぬときは神様が決めることなので、人間が勝手に決めてはいけないという考え方があります。そのため、この“ripeness”という言葉は、「熟柿が枝から落ちるように、時が満ちること」を意味しているように思います。とすると、人間の寿命が尽きるまでは、何があろうとも生き続ける覚悟が必要だということを意味しているように思います。これはまた、ハムレットのレアティーズとの決闘に向かうときのセリフ、“Readiness is all”ともつながっているように思われますが、さらにここで“ripeness”という言葉を使うことで、さらに深い意味を持たせているように思います。人生の荒波をいくつも乗り越えていながらそれをさりげない表現に隠して、苦難を感じさせないシェイクスピアが最後にたどりついた人生哲学の一つのように思われます。

このようにして、『マクベス』に続いて、『リア王』という悲劇の頂点ともいえるようなお芝居を作った後に、『ペリクリーズ』や『冬物語』といった親子や夫婦そして家族の再会や和解といったテーマが主なものになっていき、そして『テンペスト』へとつながっていきます。最悪の悲劇の後でこそ、シェイクスピアはすべてを赦す心境にたどりついたように思います。

参考文献

※たくさんある関連書のなかから、直接シェイクスピアに関係していて、この本を書く際に参考にさせてもらったもののみを挙げておきます。

Alexander Schimidt *Shakespeare Lexicon: A Complete Dictionary of All the English Words, Phrases Constructions in the Works of the Poet.* 2 vols, 3rd ed. Revised by Gregor Sarazin, 1902

The Holy Bible An Exact Reprint In Roman Type, Page for Page of The Authorized Version Published in the Year 1611 With An Introduction By Alfred W. Pollard OUP, Oxford Kenkyusha, Tokyo 1985

C.T. Onions *A Shakespeare Glossary* Enlarged and Revised throughout by Robert D. Eagleton Oxford 1986

David Crystal and Ben Crystal *Shakespeare's Words A Glossary and Language Companion* Penguin Books 2002

アクロイド、ピーター著　河合祥一郎・酒井もえ訳　『シェイクスピア伝』白水社　二〇〇八年

石原孝哉・市川仁・内田武彦著　『イギリス文学の旅　作家の故郷を訪ねて・イングランド南部編』丸善ブックス　一九九五年

小田島雄志著　『シェイクスピアへの旅』朝日出版社　一九八三年

小田島雄志著　『シェークスピア劇のヒーローたち』日本放送協会　一九八九年

小田島雄志著　『気分はいつもシェイクスピア』白水社　二〇〇三年

河合祥一郎・小林章夫編『シェイクスピアハンドブック』三省堂　二〇一〇年
河合祥一郎著『シェイクスピア『ハムレット』100分de名著』NHK出版　二〇一四年
河合隼雄・松岡和子著『快読シェイクスピア』新潮社　一九九九年
熊井明子著『シェイクスピアの町』東京書籍　一九九五年
コット、ヤン著　蜂谷昭雄・喜志哲雄訳『シェイクスピアはわれらの同時代人』白水社　二〇〇九年
近藤ヒカル『シェイクスピアは「ターヘル・アナトミア」』光洋出版社　二〇一一年
ダントン＝ダウナー、レスリー／ライディング、アラン著　水谷八也、水谷利美訳『シェイクスピア ヴィジュアル事典』新樹社　二〇〇六年
バージェス、アントニイ著　小津次郎、金子雄司訳『シェイクスピア』早川書房　一九八三年
フライ、ノースロップ著、サンドラー、ロバート編　石原孝哉、市川仁、林明人訳『ノースロップ・フライのシェイクスピア講義』三修社　一九九一年
ボルヘス、ホルヘ・ルイス著　中村健二訳『ボルヘスのイギリス文学講義』国書刊行会　二〇〇一年
結城雅秀著『シェイクスピアの生涯』勉誠出版　二〇〇九年
ミルワード、ピーター著　安西徹雄訳『シェイクスピアの名台詞』講談社学術文庫　一九九二年
ラスムッセン、エリック著　安達まみ訳『シェイクスピアを追え！』岩波書店　二〇一四年
「シェイクスピアの頭蓋骨が盗難、レーダーで判明」ナショナルジオグラフィック日本版サイト　二〇一六年

おわりに

とても楽しい仕事でした。学生のときに、「シェイクスピアなんて英文学の巨匠で、難しいばかりで、自分には理解できないだろう」くらいに考えていたシェイクスピアの講義に、単位目当てでミルワード先生の講義に出席して、いかに自分の視野が狭かったかと認識したものでした。いま、この本を書き終えて自分と同じようにシェイクスピアについての認識を改めてくれる人がいてくれることを期待するばかりです。最初はひょんなことからミルワード先生の原文の翻訳を自ら買って出て、浅学菲才を顧みずやらせてもらうことになったのですが、「本にするためにもう少し足してください」ということになって、自分の思い出せることを書き出してみたところ、ルーズリーフ三枚くらいがあっという間に埋まってしまったため、これは簡単だろうとタカをくったのですが、いざ始めてみると「三万語ほどあると助かります」という三万語にはとても足りないなと思い知ることになり、これまで積ん読になったまま壁紙と化していたシェイクスピア関係の本をひっぱり出してきて読まざるを得なくなり、そうするうちに新しく研究書を買い足したりして新しい知識を取り入れなければならないことになっていきました。そのおかげでほぼ最新のシェイクスピア研究に触れることになったり、自分の知識の浅薄さに改めて気づかされたりして、「みなさん日々精進してるんだなあ」などと感心してみたり、できるだけ毎日シェイクスピアについて調べたり、原稿の内容を考えたりして、この上もなく楽しい時間でした。やはり「勉強」のうちは、自らに努力を強いる行為であり、「研究」になると時間を忘れて没頭できる(それほど夢中になったわけではありませんでしたが)というか知る喜びみたいなものだなと。いろいろと資料を漁り、今まで知らなかった新しい事実に出会うとちょっと得した気分になれて、この時間がいつまでも続けばいいのにと思った瞬間もありました。ただ書き散らかした手書き原稿のままでは意味がないので、早く原稿を仕上げなければと常に頭にはありましたけれども、ついついあちらこちらに旅行に行ったりしてなかなか思うようには仕事がはかどりませんでした。

でも、余談にはなりますがそのおかげで面白い話を仕入れることができました。二〇一六年の三月にバルト三国を回ったときに、ラトヴィアの首都のリーガという町に行きました。ラトヴィアは十九世紀にはバルト海に臨む大きな港町としてにぎわっていて、たくさんの外国人が住み着いていたとのことで、当然イギリス人もたくさん来ていました。英国国教会もあり、イギリス人のための建物もできたのだそうです。その建物を建てる際に、どこかイギリス風にしようということになって、ラトヴィア人の職人さんが「イギリス風とはどんなものなのか?」と確かラトヴィアに来ているイギリス人に訊いてみたところが、そのイギリス人も困ったらしく「シェイクスピアだから……」と答えたようなのです。そのため大通りに面した大窓に職人たちが、何を思ったか『ロミオとジュリエット』にちなんでバルコニー風の飾りを作ったということでした。今でもまだそのバルコニー風の飾りは観ることができます。シェイクスピアから『ロミオとジュリエット』のバルコニーを思い浮かべたと聞いて、シェイクスピアでもないのに、「イギリスなのにイタリアの舞台装置か」と苦笑してしまいました。

この本の第一部にあたる翻訳部分は、神父さんであるミルワード先生の書いたもので、聖書の知識がある程度必要でした。学生のころから教えを受けていたおかげで、乏しい聖書の知識ながらなんとかなったかなと勝手に思っています。聖書からの言及も所々見られますが、『リア王』の一場面で、牢獄の中で正気を取り戻したリアがコーデリアに再会する場面があり、そのなかでコーデリアが「I am, I am」と答えるセリフがあります。このセリフによって、コーデリアはこの瞬間に神と同化したと考えられています。キリスト教にあまりなじみのない日本人にはわかりにくい箇所かもしれません。これは、本文の繰り返しになりますが、聖書の「出エジプト記」でモーセが神に出会ったときに神の名前を尋ねたところ神は、英語の聖書では「I am that I am」と答えたとされています。これは手元にある共同訳聖書では「有って有るもの」(出エジプト記第三章十四節)という風に訳されています。神学や聖書の知識は皆無に近いので、カトリックの場合とプロテスタント各派の場合で違ってくるのかもしれませんが、もっとも一般的に流布している共同訳聖書に従うことにします。

もとより一般向けに書かれた本なのであまり難しいことは書かないようにと気を付けたつもりですが、どうしても避けられない箇所があるのは仕方のないことだとあきらめました。ただ、シェイクスピアの取っ掛かりのための最初の一冊として有効だと勝手に思っています。教えを乞うた立場としては確かに僭越ながら、ただの英文和訳では足りないと思われる部分をすこし自分なりに足してみたりもしました。

第二部の方は、ミルワード先生がそれを嫌うので、あまり衒学的になってもどうかなとは思ったのですが、卒業論文の参考としても使ってもらえたらなと欲張ったことも考えながら、難しい話を自分なりに噛み砕いて書いてみたつもりです。自分が教室で学生相手に話をするときのことを思い浮かべて、自分なりの解釈も加えながらそれでも難しくなりすぎないように書いてみました。ことにこの仕事のおかげで、ノースロップ・フライとヤン・コットに出会ったことは大きな収穫でした。ノースロップ・フライの切り口にはただただ呆然とし、感心させられました。また、ヤン・コットの方は、母国を捨てアメリカに亡命したにもかかわらず、母国ポーランドでもかなり有名なのだろうなという印象を、この本を書いている最中にポーランド旅行を強行した際に、ポーランド人の通訳兼ガイドの人から受けました。このヤン・コットという人の経歴も面白くて、特に第二次世界大戦中ドイツとの戦争やそのあとの恐怖政治を、身をもって経験しているという事実がシェイクスピアの解釈に凄みを与えているという印象でした。英米の英語を母国語とするシェイクスピア研究者とはまた違った切り口の視点が与えられているように思います。

この本は脱線ばかりなので、ここで開き直ってもう一つ。最後にシェイクスピアの人気未だ衰えずの例として、ちょっと面白い例を紹介させていただきたいと思います。二〇一六年にも有名な『スター・ウォーズ』という映画が公開されましたが、シェイクスピアの英語でこの映画の台本仕立ての本が出版されているのをご存じでしょうか。シェイクスピア風の英語で書かれていたのでは、現代人には敬遠されると思うのですが、あえて「シェイクスピア風擬古文」という体裁で、シェイクスピアと人気映画のパロディという感じの本が出版されていて、日本語の翻訳まで出ています。嘘だと思ったら探してみてください。シェイクスピア英語に慣れるための練習用にはいいかもしれません。

シェイクスピアの研究家でもないくせに、くどいですけど浅学菲才を顧みず、ひょんなことから、シェイクスピアの本を書くことになり、長い間下手の横好きで、親しんできたシェイクスピアについて文章をまとめる機会を与えられたことに感謝しています。知識の古さや思いがけない勘違いからおかしな箇所があるかもしれません。ご教示いただければ幸いです。演劇の台本というのは、心理描写が与えられていないことと、読みなれないことから敬遠される(自分もかつてそうでした)こともあろうかとは思いますが、とりあえず喜劇あたりから読み始めてみてください。引き込まれること請け合いです。

かつて、夏休みの宿題に「シェイクスピアの作品をどれか一つ読んで、レポートを書きなさい」と課題を出したところ、ある学生がレポートの最後に「電車に乗りながら読み始めて二時間くらいで読み終えてしまいました。今までの人生のなかで最後まで読めた数少ない一冊です」と書いてきました。本当ですよ。落語を読む感覚で構わないと思います。シェイクスピアの目指すところはまさにそれだったのですから。

ついでに、余計なエピソードをあえて加えさせてください。東京グローブ座のこけら落としのときに偶然お芝居を見に行く機会がありまして、その時隣の席の男性が、やっと口説き落として、デートに誘ったらしき隣の席の女性にその日のお芝居の説明をしてあげていました。ですが、受付で買ってきたパンフレットをそのまま棒読みにして聞かせているのを見ていて、その女性だって文字くらいは読めるだろうと思ってしまいましたが、せめてあらすじを書いた解説書でも読んでくればいいのにと思ったものでした。今の時代ならネットで検索してからというところでしょうか。またさらに別なあるとき、お芝居が始まる前に隣の席のカップルの男性の方が、「シェイクスピアを自由自在に訳して見せた英文学者のF氏は、ロンドンに行ったときに地下鉄の切符もまともに買えなかったんだってさ。学者さんはそれでいいと思うんだよね」とか言っていて、隣で黙って聞いていた自分としては、「〝学者さん〟で悪かったね」と思ったりしたものでした。幅広くまんべんなく勉強しなければいけないということなのでしょうが、英文学の大物でもそういうことがあるということにしておきましょう。

なるべく専門用語を使わないように気を付けて、あまり専門的になりすぎないように気を付けたつもりです。専門書というよりは自分の考えをまとめた散文集という感じになっているかと思います。こういう本を選ぶときは、「あとがき」を読んでみてから選ぶものなので、「あとがき」が面白くないと……などと思っています。シェイクスピアは専門的に研究しようというのでなければ決して難しいものではありません。本文で何度も強調していますが、シェイクスピア自身は観客を楽しませることを第一に考えてお芝居を作っています。シェイクスピアとしては、現在のような大物扱いされている自分をどう思っているのだろうといろいろ想像してしまいます。とはいえ、シェイクスピアといえどもすべてが傑作というわけでもなく、初期の作品では先輩たちの力を借りたりしていますし、売れるようになってからでもあまり高く評価されていないものもあります。それらすべて含めてシェイクスピア作品なので、この本も「駆けだし」の努力作と温かい目で見ていただければと思います。

本当に最後になりますが、この本の出版を快諾してくださり、正直なところ専門の英文学の一分野とはいえ、下手の横好きにこの本を書く機会を与えてくださり、なおかつ情けないほどの遅筆を辛抱強く待ってくださった彩流社の高梨治さんに心よりお礼申し上げます。ありがとうございました。

二〇一六年十月十六日

橋本修一

【著者】
ピーター・ミルワード
…Peter Milward…
上智大学名誉教授
1925年ロンドン郊外、ウィンブルドンで生まれる。
1954年オックスフォード大学卒業後イエズス会士として来日、
1960年カトリック司祭として叙階、現在上智大学名誉教授、文学博士（上智大学）。
シェイクスピアにならって無類の駄洒落好き。
主著に『シェイクスピア劇の名台詞』（講談社学術文庫）、
『聖書は何を語っているか』（講談社現代新書）、
『英語の名句・名言』（講談社現代新書）、
『ザビエルの見た日本』（講談社学術文庫）、
『童話の国イギリス―マザー・グースからハリー・ポッターまで』（中公新書）
ほか多数。

【訳者】
橋本修一
…はしもと・しゅういち…
1956年東京神田生まれ、上智大学大学院博士後期課程満期退学。
現在千葉工業大学教授
著者に『Beowulf』、
訳書に『ミルワード氏の英文学散歩』
『イギリスの田舎を歩く』（春風社）など。
※本書では、第一部の翻訳と、第二部の執筆を担当。

フィギュール彩 73

ミルワード先生《せんせい》のシェイクスピア講義《こうぎ》

二〇一六年十一月四日　初版第一刷

著者――ピーター・ミルワード
訳者――橋本修一
発行者――竹内淳夫
発行所――株式会社 彩流社
〒102-0071
東京都千代田区富士見2-2-2
電話：03-3234-5931
ファックス：03-3234-5932
E-mail：sairyusha@sairyusha.co.jp

印刷――明和印刷(株)
製本――(株)村上製本所
装丁――仁川範子

ISBN978-4-7791-7079-9　C0398
http://www.sairyusha.co.jp

フィギュール彩

〔既刊〕

8 本当はエロいシェイクスピア

小野俊太郎◉著

定価（本体 1700 円＋税）

多くの道徳的な訓話を生み出してきた世界文学史上もっとも広く読まれている古典は、こんなにも「男性装」や「レイプ」「ベッドトリック」「覗き」などに満ちていた！　多くの識者があえて語るのをためらい、避けてきた文豪の真実を、白日の下にさらしてみようじゃないか！　人間の「下部」構造から読む、大人のためのシェイクスピア、いざ、開幕！

1 人生の意味とは何か

T. イーグルトン◉著／有泉学宙他◉訳

定価（本体 1800 円＋税）

「人生の意味とは何か」と問うこと自体、哲学的に妥当なのだろうか？　アリストテレスからシェイクスピア、ウィトゲンシュタイン、そして、モンティ・パイソンなどを横断しながら、生きる意味を考える知の巨人の隠れた名著。

58 盗まれた廃墟
ポール・ド・マンのアメリカ

巽 孝之◉著

定価（本体 1800 円＋税）

知の巨人、ポール・ド・マンを脱構築する！　ド・マンはいかにしてアメリカで独自の脱構築戦略を練り上げたのか？　アメリカ文学思想史最大の謎にアメリカ研究の第一人者が挑むエキサイティングな論考！